はたらく魔王さま!
ハイスクールN!

和ケ原聡司
イラスト■三嶋くろね
キャラクターデザイン■029
Satoshi Wagahara
Illustration■Kurone Mishima
Character design■Oniku

はたらく魔王さま！ハイスクールN！とは……？

電撃文庫の人気作『はたらく魔王さま!』を著者自らがスピンオフ!?

本編『はたらく魔王さま!』では異世界の魔王から、東京は笹塚のマグロナルドで働くフリーターへとジョブチェンジしたサタンだが、本作ではなんと男子高校生になってしまう!　一方、異世界の勇者エミリアだが、こちらは本編と変わらず、テレアポの契約社員をしながら魔王を追い求めていた——

これはそんな“もしも”の世界を描く、本編とも、スピンオフコミックスの『はたらく魔王さま!　ハイスクール!』ともひと味違った、新たなるスピンオフ作品なのだ!

登場人物

真《ま》奥《おう》貞《さだ》夫《お》

その正体は異世界エンテ・イスラを征服しようとした魔王サタン。勇者に敗れ、今は笹幡北高校の二年生として生活している。成績優秀で友達も多いが、周囲に正体を隠している。

遊《ゆ》佐《さ》恵《え》美《み》

討伐寸前の魔王を追って、異世界“日本”へとやってきた元勇者エミリア。テレアポのバイトをしながら、日夜魔王を探している。

「魔王サタン……
何故あなたが、笹塚の高校で
学生をしているの……？」

「真奥さんっ、
おはようございます！」

佐《さ》々《さ》木《き》千《ち》穂《ほ》

真奥のクラスメイトで、優しく素直で胸のサイズが大きめな女子高生。弓道部に所属しており、真奥のことが気になっている恋する乙女

芦《あし》屋《や》四《し》郎《ろう》

「魔王様、早く朝食を
召し上がらないと
学校に遅刻いたします」

今も昔も魔王の腹心である、悪魔大元帥アルシエル。真奥と二人で生活するため、マグロナルド幡ヶ谷駅前店でバイトをしている。

江《こう》村《むら》義《よし》弥《や》　東海林《しょうじ》佳《か》織《おり》

真奥と千穂のクラスメイトで、いつも四人一緒に登校している。二人とも弓道部に所属する幼馴染み。義弥はいつも佳織の激しいツッコミを受けている。

物語スタート！

魔王、生活のために学業に励む

日に焼けた畳の上で、向かい合う二人の男女がいた。

早暁《そうぎょう》の光が差し込んで尚《なお》薄暗い室内で、男は余裕の笑みを浮かべ、女は疲労した表情で男を見返している。

「何を、言っているの？」

「それは聞こえなかったって意味か？　それとも俺の発言の意図が分からないってことか？」

「後者に決まってるでしょう。バカじゃないの」

男は女をバカにするように言うが、女はそれ以上にストレートに男をバカにしたような声を出す。

「本当に、私は今自分の正気と、耳と、目を疑っているわ。それと同じくらい、あなたの正気を疑っているわ」

「ついでに鼻も疑ったらどうだ？　俺は今、朝飯を食ってる最中だったんだ」

男は初めて女から視線を外し、うっすら漂う香りを追う。

視線の先にあるものは、朝食だとしてもボリュームが少ないと言わざるを得ない。

畳の上に置かれた安っぽいカジュアルコタツの上には、ゲル状の黄色い何かが乗せられた皿と、二膳の箸のみである。

「優雅な朝食の席に押しかけてきた挙句に家主の正気を疑うとか、随分と礼儀知らずな奴《やつ》もいたもんだ」

「何が優雅な朝食よ」

女は顔を顰《しか》めて吐き捨てるように言った。

「バカじゃないの、魔王がスクランブルエッグだけの朝ご飯なんて。せめて食パンくらい買いなさいよ！」

「貧乏なんだよ。悪いか」

男は全く堪えていない様子で反応した。

「悪いわよ！　何よ！」

すると女は、目に涙を溜《た》め、鼻の頭を赤くしながら叫んだ。

「私こんなガキみたいな奴《やつ》を殺すために世界を渡ったの？　最低よ！」

涙声の女は男に対する敵意をにじませながら、むしろ縋《すが》るような声で言った。

「あなた、一体どういうつもり？　自分が何言ってるか分かってるの⁉　日本語おかしいんじゃないの⁉」

「なんだよ、本当に聞いてなかったんじゃねぇだろうな」

男は面倒くさそうに頬を掻《か》くと、やおら畳の上に仁王立ちして決然と言い放った。

「もう一度耳かっぽじってよく聞け、いいか勇者エミリア‼」

男は……いや、まだ顔立ちにあどけなさを残した少年は、同年代か自分より少し年上に見える『勇者エミリア』を相手に、不遜な態度で決然と言い放った。

「俺はこの世界で！　生徒会長になってみせるぜ‼」

勇者エミリアと呼ばれた女は、部屋の空気を震わせた少年の声に呆然《ぼうぜん》とし、口をぽかんと開き、やがてがっくりと項垂《うなだ》れてしまった。

「そんなこと、私に言われても……」

力なく呟《つぶや》きつつも、女は顔を上げて、少年の顔を睨《にら》んだ。

「魔王サタン……何故《なぜ》あなたが、笹塚《ささづか》の高校で学生をしているの……？」

だがその眼力に比して、言葉はあまりにも力が無かった。

魔王と呼ばれた少年と、勇者と呼ばれた女は、そのまましばらく挑戦的な目でお互いを睨《にら》み合っていた。

「あのー……」

そのとき、第三者の声が降って湧いた。

日に焼けた六枚の畳の外側。

板張りのキッチンに、少年と女の視界から逃れるように立つ一人の男がいたのだ。

「魔王様、早く朝食を召し上がらないと学校に遅刻いたします」

「お、そうだった。悪いな芦屋《あしや》。ささっと食っちまうから」

「ちょっとアルシエルは黙ってて！　まだ私は魔王に聞きたいことがあるのよ！」

「なんだよこっちには何もねぇんだよ。せめて俺が学校から帰ってきてからにしろよ！」

「その時間は私が仕事してるのよ！」

「知るかよお前の都合なんか！　言っとくけどもし学校まで来たら問答無用で先生に頼んで通報するからな。最近の学校って不審者に敏感だから、女だからって許されると思うなよ！」

「魔王が警察に頼って恥ずかしくないの!?　勇者が攻めてきましたーって人間の先生に泣きつくわけ!?　魔王が聞いて呆《あき》れるわね！」

「使えるものはなんだって使う！　それが人間が組織した警察でもな！　お前昨夜俺と一緒に警察に世話になってんだから、通報すりゃ一発で飛んでくるぞ！」

「昨夜のことは言わないで！　私の人生最大の失敗よ！　あのまま見殺しにすれば良かったわ！」

「あーお前、学生を殺すとか今時遊びやおふざけで言っても許されねーからなー！　せーんせーにいってやろーー！」

「こっ……この悪魔っ！」

「おいおい、いたいけな高校生相手に本気になるなよ大人げねぇな！」

「どこの！　誰が！　いたいけな高校生よ！」

「あの!!」

子供の言い合い以下の罵り合いを始める二人に、少年から芦屋《あしや》、女からアルシエルと呼ばれた背の高い男の鋭い声が割って入った。

「早く召し上がってください。片付きません」

「お、おう」

その迫力に、少年はようやく箸を取り、

「貴様も、朝っぱらから物騒なことを騒ぐな、近所迷惑だ」

芦屋《あしや》と呼ばれた青年は、女に負けず劣らずの敵意を向ける。

「エミリア。貴様も勇者なら、戦いを挑むにも場を弁《わきま》えろ。今の我らは見た通りの魔力を持たぬ人間だ。それでも戦いを挑もうというなら受けて立つ覚悟が無いわけではない。だがその後貴様は、この国でどう逃げるつもりだ」

「っ……私の力があれば、あなた達をなんの痕跡も残さず消すことだって……」

「ならやりゃあいいだろ」

エミリアの物騒な発言を、魔王と呼ばれた少年は軽く受け流す。

「ま、できるなら昨日の時点でやってるんだろうがな」

エミリアは図星を突かれたように俯《うつむ》いた。

「なんにせよ、今日のところは帰ってくれ。真面目に俺、一時間目に古文の小テストがあるから早いとこ学校行って予習したいんだ」

そんなエミリアに向かって、これまで高慢とも言える態度を取っていた少年は手を合わせた。

「な？　俺、貧乏だからここと学校以外どこにも行く所ねぇしよ、逃げたりしねぇって」

エミリアは本気で頭痛がしてきて、頭を押さえながらゆらりと立ち上がる。

少年と青年は一瞬体を緊張させるが、エミリアはそのままふらふらと玄関に向かい、二人に背を向けた。

「なんか、疲れた……とりあえず、今のところは引き下がってあげるわ……はぁ」

赤くなった目を拭ったエミリアは、少年を睨《にら》む。

「でも、勘違いしないでね。あなたを理解したわけでも、見逃すわけでもないわ。私が残った力を使えば、あなたを殺すことなんかいつでもできるけど、それをやるときっと『向こう』に帰れなくなる。帰ろうと思うと、あなたを殺せなくなる。そういうことよ」

「それを俺に言ってどうすんだよ」

「私だけあなたの事情を知るのはフェアじゃないでしょう」

「それはそれは、立派な心がけだな」

「エンテ・イスラへの帰還と魔王討伐を両立できるようになるまで、命は取らないでおくわ。でも油断はしないことね……はぁ」

疲れた表情でエミリアは玄関に向かう。

「それと、日本での私の名前は〝遊佐恵美《ゆさえみ》〟よ。間違えないで」

「あいよ、了解」

ドアを開けたエミリアは立ち去り際、

「それにしても、『真奥《まおう》』はともかく『貞夫《さだお》』って何？　今時の高校生の名前じゃないわね」

そう言って力任せにドアを閉めた。埃《ほこり》が舞った。唖然《あぜん》として閉じたドアを見る男二人。

外の廊下から階段を下りる音が聞こえて、やがて消えた。

見えない〝恵美《えみ》〟の背に向けて少年は、真奥貞夫《まおうさだお》はツバを飛ばした。

「日本全国のサダオさんに謝れ！」

その叫びに応えるものは、もうこの木造二階建てアパートの六畳一間の一室にはいなかった。


「ったく……朝からやる気が削《そ》がれる」

肩の部分に、サブバッグを担《かつ》いだ痕が少しだけついた学ランに腕を通し、真奥貞夫《まおうさだお》少年はアパートの部屋を出た。

「魔王様、やはり危険なのでは……せめて学校までの道中、私が護衛を……」

「いーって。昨夜何も無かったんだし、あいつもこんな真昼間から往来で刃傷《にんじょう》沙汰もないだろ。芦屋《あしや》だって仕事があるんだから、自分の準備しろよ。んじゃ行ってくるから」

早朝からの勇者襲来に警戒感をあらわにした悪魔大元帥アルシエルこと芦屋四郎《あしやしろう》は、真奥《まおう》の登校に同道したがったが、魔王サタンこと真奥《まおう》は軽い調子で首を横に振る。

「それに高校二年にもなって、女が怖くて兄貴と一緒に登校とかみっともねぇし」

「そういう問題ではありません！　犯罪被害に遭う可能性があるのに、学友相手に見栄《みえ》など張っている場合ですか」

「いや、見栄《みえ》とかじゃねぇし。大丈夫だし。それにクラスの連中とかじゃなくて、普通にまだあいつがそこら辺にいるかもしれねぇだろ」

真奥《まおう》が顔を顰《しか》めて周囲を見回すと、そこには風光る平和な街だけが広がっていた。

「勇者相手に、魔王が保護者同伴じゃねえと外歩けねぇなんて思われたくない」

「ぐ……確かに」

芦屋《あしや》は断腸の思いを顔に書き出したような表情になる。

「な。だから大丈夫だからよ。お前も仕事に行ってくれ。そんじゃな」

「何卒《なにとぞ》、何卒《なにとぞ》お気をつけて！」

血を絞るような芦屋《あしや》の悲鳴に見送られて、真奥《まおう》は築六十年、六畳一間の木造アパート、ヴィラ・ローザ笹塚《ささづか》二〇一号室から新しい一日へと踏み出していった。

春の笹塚《ささづか》の町は、気張って歩けば少し汗ばむ陽気で、桜はもうほとんど散ってしまっている。

「サクラチル、か。ったく、二年次始まっていきなり、縁起悪いったらねぇな」

真奥《まおう》は昨年、このアパートと、この町にやってきたときのことを思い出す。

魔王サタンの名を知らぬ者など、エンテ・イスラの世界広しと言えどいるはずがない。それは闇の生き物が蠢《うごめ》く魔界を統《す》べる、恐怖と残酷を代名詞とする存在である。

彼は神々の見守る世界とされている、聖十字大陸《せいじゅうじたいりく》エンテ・イスラに侵攻し、人間世界を支配して全ての闇の生き物達の王道楽土を建設する野望を抱いていた。

人間達にとって絶望的なことに、その強大無比の魔王には、主に勝るとも劣らぬ力を持つ腹心の四天王がいた。

アルシエル、ルシフェル、アドラメレク、マラコーダの四人の悪魔大元帥。

大海イグノラに浮かぶ一際《ひときわ》広い中央の大陸を中心とし、東西南北の大陸を十字架に見立てた神々の見守る大地エンテ・イスラ。その東にアルシエル、西にルシフェル、北にアドラメレク、南にマラコーダの軍を展開した魔王はその魔力を全土に拡大させ、人間を始めとする神の勢力をあと一歩で殲滅《せんめつ》するところまで行ったのだ。

しかし、異変は西大陸のルシフェルの軍に起こった。

たった一人の人間の手によって、ルシフェル軍が壊滅したとの報《しら》せがもたらされたのである。

ルシフェル軍を壊滅させた人間は自らを〝勇者〟と名乗り、生き残っていた僅かな人間を束ねて反抗しはじめたのだ。

ルシフェルは元々天界から堕《お》ちた天使であった。

西大陸は、人間達の中では天界と最も近い存在である大法神教会《だいほうしんきょうかい》の勢力が強い大陸だった。天界の事情に精通するルシフェルこそ天の力を借りて戦う大法神教会《だいほうしんきょうかい》軍攻略に最適であると踏んだのだが、その目論見《もくろみ》は〝勇者〟などと名乗る人間たった一人のために水泡に帰した。

しかし長く戦っていれば、目論見《もくろみ》の一つや二つは外れるものだ。ルシフェルは運が悪かったが、残りの悪魔大元帥達の力を結集すれば、勇者駆逐は容易《たやす》いとサタンはタカをくっていた。

それが間違いの元だった。

サタンは、人間を地を這《は》う地虫のような存在だと思っていた。

しかし、考えてもみよ、地虫を絶滅させる方法はあるだろうか。巨大な獅子《しし》が取るに足らぬ毒虫の一噛《か》みで死ぬこととてあるではないか。

ルシフェルに続きアドラメレク、マラコーダがたった一年の間に相次いで敗北する。四天王一番の知将であったアルシエルは、その段階で東の地を捨て魔王の本拠地のある中央大陸を守るための拠点防衛戦を進言した。長き年月をかけて進めてきたエンテ・イスラ侵攻をたった一年でひっくり返されたのだ。サタンも、もはや楽観はできなかった。

急速に勢力を盛り返した人間達は勇者と大法神教会《だいほうしんきょうかい》の名の下、一体今までどこに隠れていたのかと驚くほどの大軍勢で魔王の治めるエンテ・イスラの中央大陸まで押し寄せた。

中央大陸は瞬く間《またたくま》に攻略された。たった一人の勇者などという人間を、ムシケラと侮《あなど》ったがために、魔王軍の勢力は散々に打ち砕かれてしまったのだ。

サタンとアルシエルは、勇者と三人の仲間達を中央大陸の魔王城で迎え撃った。

さすがの勇者達も魔王と悪魔大元帥を同時に相手にしたために、簡単に決着をつけることはできなかった。それでも確実に勇者の力がサタンとアルシエルを凌駕《りょうが》していた。

やがて勇者の持つ聖剣がサタンの片角を砕いたとき、アルシエルは撤退を決意し魔王に上申する。このままでは敗北を喫するだけでなく、存在の消滅さえあり得た。

サタンも苦渋の決断でそれを承諾する。即ち《すなわ》エンテ・イスラからの逃亡。異世界へと逃げ込み、再び力を蓄え戻るその日を待つことに決めたのだ。

聖剣が魔王の心臓を貫かんとしたその瞬間、紙一重の差で異世界への門〝ゲート〟に飛び込んだときの勇者の悔しげな表情も、サタンの溜飲《りゅういん》を下げさせはしなかった。

サタンは最後の咆哮《ほうこう》を、天にも届けとばかりにエンテ・イスラ全土に轟《とどろ》きわたらせた。

「人間共よ！　今このときは貴様らにエンテ・イスラを預けよう！　だが俺は必ず貴様らを、エンテ・イスラを、この手に収めるために戻ってくるぞ！」

だが異世界へ渡るための〝ゲート〟を意のままに操るにはそれ相応の魔力が必要であり、勇者との戦いで傷ついたサタンとアルシエルには制御しきれなかった。

ゲートの奔流に流されるまま漂着した異世界は、大悪魔たる二人をして驚くほど高度な文明を有した国だった。

サタンとアルシエルも見たことの無い、悪魔の常識を超えた高層建築と、無数の煌《きらめ》く光を宵闇に投げかける謎のエネルギーが満《み》ち溢《あふ》れていた。

二人がいるのは大都市であったが、薄暗い裏道でもあった。巨大建造物の狭間《はざま》にあって、彼方《かなた》からの聞いたことも無い騒音が耳を叩《たた》く。一体どんな知的生命体が支配し、どんな凶暴な生き物がいるか分からない場所だ。

空気も肌を切り裂くように冷たく、季節は冬を思わせ、傷ついた体から容赦なく体力を奪ってゆく。

誰にも見つからないように、まずは傷を癒《いや》す場所を探さねばならない、と二人で確認し合ったそのときであった。

「あなた方、何かお困りのようですわね？」

確認し合って十秒も経《た》たないうちに、自分達の認識に無い言語で声をかけられた。

「「!!」」

振り向いた二人の目の前に存在したのは、禍々《まがまが》しいオーラが凝縮されたかのような、肉体の構成要素だけはなんとか人間という生き物の範疇《はんちゅう》に収まる何者かだった。

「フフフ、突然ごめんあそばせ」

ああ、魔王が、悪魔大元帥が、世界を震え上がらせた悪魔が、身を竦《すく》ませているではないか。

怯《おび》え、恐怖。

「あら、驚かせてしまいましたわね」

そんな感情を抱いたのは、果たしていつ以来であっただろうか。

オーラの持ち主はそんな二人の心中を察してか、少しだけ雰囲気を和らげると二人に向かって一枚の紙を差し出してきた。

エンテ・イスラの人間達が使う羊皮紙などとは比べものにならないほど薄く艶《つや》やかなその紙には、二人の理解できる言葉が並んでいた。

「突然ですが、あなた達にぴったりのお話がありますの」

理解できる言葉だからこそ、二人の大悪魔は決してこの存在に関わってはならないと感じた。

傷ついている身で、この得体の知れない存在と関われば、今度こそ命の燈火《ともしび》が消え失《う》せるかもしれない。

「まままま魔王様！　逃げましょう！」

「ちょっと待て！　腰が抜けたっ」

だが、勇者との戦いによる深手の影響か、はたまたそれ以外の原因があるのか、サタンの体はその場から動けなかった。

「魔王様早く……っ⁉　ま、魔王様⁉」

「……お前……アルシエル？」

そのとき、二人は初めて気がついた。

お互いが、お互いの知る姿ではないことに。

かつて魔界を統《す》べ、人間を恐怖に陥《おとしい》れた巨軀《きょく》も角も尾も甲殻も、全てが消え失《う》せていた。

「「人間……？」」

二人の姿は、人間のそれであった。

制圧せんと、滅ぼさんとした、人間の姿であった。

「フフフ！」

そうして二人の慌てようを笑うその存在に再び目を向けると、先ほどの禍々《まがまが》しいオーラが僅かに弱まっているように見えた。

その代わり、戦いと傷とパニックで曇った目には、少しずつその存在の真の全貌が見えはじめ、再び二人は体の底から震えることとなる。

「そんなに遠慮なさらずとも」

二人の逃げ腰を察した声は、優しくも決して逆らえぬ威厳に満ちていた。

「悪い話ではありませんのよ？」

その後、深更《しんこう》に入り尚光煌《きら》めく大都会の路地裏で上がった悲鳴を聞いたのは、飽食の都市が吐き出す澱《おり》を求めてさまよう野良猫《のらねこ》だけであった。

命からがら勇者の魔の手から逃げ出したというのに、逃げた先に得体の知れぬ怪物の顎が牙を研いで待っていた。

魔の力で世界を征服しようとしていた魔王サタンの気持ちの上ではそんな感じであった。

薄れゆく意識の中で、勇者に敗退するまでの様々な出来事が一瞬で駆け抜けていき、さながら一瞬でもう一度生を体感したかのようだった。

「……魔王様、魔王様！」

聞き慣れない声に目を開け、自分がまだ生を継続していることに気づいたサタンは安堵《あんど》するが、自分達が奇妙な部屋にいることにも気づき、まだ異常事態が終わっていないと確信する。

とりあえず今自分を揺り起こした、人間の姿で人間の声を出すアルシエルにはまだまだ慣れない。

青白くちらつく光を放つ輪がはめられた地味なシャンデリアが、室内を照らしている。

植物を編んだような床に、泥を塗り固めたような壁、そして硬質なガラス窓まではなんとなく分かった。

それ以外のものは、エンテ・イスラで垣間《かいま》見《み》た人間達の住居にあったものに類似しつつも、設計思想が根本から違うことが一目瞭然で、それ故に自分達が一体どのような状況下にあるのか、判断する材料にはなり得なかった。

「アルシエル……これは一体……」

「魔王様、ゲートを出てすぐのことを、覚えていらっしゃいますか？」

「ゲートを出てすぐ……うっ！　頭が！」

当然覚えている、と言おうとした途端、サタンは勇者に斬り飛ばされた角の付け根に当たる場所が激しく痛み、蹲《うずくま》った。

「何か、何か恐ろしい物を見た。だが、何故《なぜ》あのような物を恐ろしいと思った？」

記憶にあるのは、巨大建造物群の狭間《はざま》で出会った、人間の女であるらしいよく分からない生命体。

それそのものが光源であるかのような衣類を身に纏《まと》った巨女であったが、それでも人間であり、魔王たる自分が恐れるほどの相手ではない。

それなのにこうして思い出そうとするだけで、体の芯から得体の知れない震えが湧き上がる。

「我らはその者に、ここまで連れ去られました」

「何っ⁉　アルシエルお前、人間などにいいように……」

サタンは大声を上げるが、アルシエルがそれを制した。

「抵抗は、無意味でした。魔王様、この世界には……魔力が無いのです」

「な……！」

サタンは驚愕《きょうがく》で、言葉を失った。

　魔力は悪魔が生きていく上で必要な、最も基礎的なエネルギーだ。

　魔界やエンテ・イスラでは、その魔力はただ生きているだけで勝手に大気から補給することができていた。

「我らのこの姿は、それが理由かと……」

「魔力を、失った……？」

　角も、巨躯《きょく》も、翼も、何も無い。

　貧弱な人間の体こそが、魔力を失った自分に残った全てだというのか。

「俺の体の中には、まだ微《かす》かに魔力の残滓《ざんし》がある。アルシエル、お前は……」

「ダメです。この数時間で、何度も確認しました。エンテ・イスラから逃げるときに残っていたわずかな魔力すら、もう私の中にはありません。ゲートに吸われたか、この世界の作用によるものか……いずれにせよ私は魔王様よりいくばくか早く目覚めたのですが、あの者は、この地で生きたくば、これに目を通せと」

　そう言ってアルシエルが差し出したのは、紙束であった。

　エンテ・イスラでは一度も見ることの無かった、一定の規格に裁断されている、恐ろしく滑らかな手触りの紙だった。

「何者なのだ……我らを悪魔と分かっているのか？」

　サタンはその紙を矯《た》めつ眇《すが》めつしながら問うが、アルシエルからは思わぬ答えが返ってくる。

「問いただしましたが、はぐらかされました」

それだけ聞けば大したことのないように聞こえるが、悪魔大元帥アルシエルの問いをはぐらかすことができる胆力を持った人間など、そうそういるはずがない。

「あの者は私の問いには答えず、こう言いました。我々が今、この姿である意味をよく考えよと。生きたければ、これに目を通せと」

「……」

サタンは眉を顰《ひそ》めてふと、部屋の窓に映る己とアルシエルの姿を見た。

それはどう見ても、人間そのものの姿であった。

細く頼りない体には、悪魔として纏《まと》っていたマントや軍服などおよそまつろわず、視線を向けるだけで人間を圧倒した瞳は頼りなく揺れている。

自らの掌《てのひら》に目を落とせば、そこには木の針で突いただけで破れてしまいそうな人間の柔肌。

およそ魔王の名に似つかわしくない、貧弱な手がそこにあった。

「なんだというのだ」

サタンは紙束をひったくるように受け取ると、その表書きに目を落とす。

そして、ある異常な事態に気づき、顔を上げないままアルシエルに問う。

「おい、アルシエル」

「は」

「読めるか」

その紙に書かれている文字は、エンテ・イスラのどの国の文字でもなかった。

見たことの無い文字だった。

それなのに。

「読めます」

アルシエルは重々しく頷《うなず》いた。

初めて見る文字を、魔力を使わずに読むことができる。

「「……高校入試対策？」」

紙束の表紙には、そう書かれていた。


ゲートからこの日本に漂着したときに出会った人間の女は、自分がどこにいるか分からず不安な一夜を過ごしたサタンとアルシエルの前に現れた。

二人がいたのは彼女が管理する集合住宅の一室であり、極めて狭小《きょうしょう》な空間であったのだが、衰弱しきっていたサタンとアルシエルはその部屋から出ることすらできなかったのだ。

志波美輝《しばみき》と名乗った、人間であると予測される女を前にして、大悪魔二人は一言も発することができなかった。

虹色の帽子に虹色のドレス、虹色のパンプスに虹色のハンドバッグが付属した人間の形をした何かの言葉に、ただただ流されるだけだった。

「今のご自分達の状況を弁《わきま》えられるのなら、私の言うことに従うほか無いのはお分かりいただけると思います」

志波《しば》はそう言うと、慄く二人を前に淡々と事を運んでいった。

「こちらの物件は私の持ち物ですので、もし他にお住まいのあてがございませんようならお使いくださいませ。お家賃などについては、後ほどで結構でございますわ」

その後、志波《しば》は淡々と、二人の前に様々な紙を並べていく。

「こちらにお二人のお名前を書きこんでくださいな。字は、大丈夫ですね？」

志波《しば》の問いに、二人はただ首を縦に振るばかり。

「でしたら〝ここ〟で暮らすのにどういったことが必要なのかもお分かりかと思います。私も店子《たなこ》に問題を起こして欲しくはございませんもので、何卒《なにとぞ》ご自愛、ご自重なさいませ」

その瞬間、志波《しば》の赤い口元がまるで血の三日月のような弧を描いた。

「悪いようにはいたしませんわ」

魔王サタンと悪魔大元帥アルシエルは、この短期間で二度目の『恐怖の感情による失神』を経験した。

そしてそれから一週間のうちに、志波《しば》はサタンとアルシエルが日本で暮らすための土台を全て整えてしまった。

金と戸籍と住所が無ければ生きていけないこの国で、二人は戸籍と住所を得た。

その過程で二人の意思が介入したのは『真奥貞夫《まおうさだお》』『芦屋四郎《あしやしろう》』という、日本で名乗る名前程度である。

東京都渋谷区《しぶやく》笹塚《ささづか》のヴィラ・ローザ笹塚《ささづか》二〇一号室の住所が掲載された住民票が、如何《いか》なる方法をもってしてか二人が日本に国籍を得たことを証明していた。

だが、サタンもアルシエルも、全く心は休まらなかった。

見ず知らずの志波《しば》がなんの見返りも無く尽くしてくれる聖人のような篤志家だったなどと、とても思えない。

この国で人間に紛れて生きられるような環境を整えてもらう見返りに、一体どんなことを要求されるのか、体力と傷が癒える間、戦々恐々としていたのだ。

そしてほどなくして、あの『高校入試対策』の紙束の理由が判明する日がやってきた。

志波《しば》が全ての見返りとして要求したのは二つのことだった。

一つは、できるだけ早くにこの国で賃金を得られる『仕事』を見つけて、アパートの家賃を払いはじめること。

これは見返りというより、賃貸物件に暮らす以上は当然のことなのだが、問題はもう一つの条件であった。

「お二人のどちらかには、こちらの学校の学生になっていただきます」

「「学生?」」

そう言って志波《しば》が出してきたのは、日本で『高等学校』と呼ばれる機関について掲載されたパンフレットだった。

都立笹幡北《ささはたきた》高校。

東京都内にどこにでもある、普通科の都立高校である。

「我らがこの学校で学生になることに、なんの意味があ……るのですか」

尊大な態度を取ろうとしても取れず、つい日和った物言いになるサタン。

志波《しば》はその質問を待っていたというように即答した。

「今のところはまだ何も。いずれ、何かあるかもしれませんけれども、とにかく」

志波《しば》に接し慣れてきた二人は、このとき初めて志波《しば》の微笑を正面から直視することができた。

「健やかな学生生活をお過ごしくださいませ」

だが、その後の吐息には耐えられずに、やっぱり失神してしまったのだった。

二人が日本に漂着したのは、立秋を過ぎて尚《なお》暑さの残る八月末のことだった。

それから都立高校の入試まで、わずか半年。

そもそも日本の中学校を卒業していないサタンがどうやって受験資格を得ることができたのか、志波《しば》は詳しいことを言わなかった。

ただ二人に拒否権は無い。

様々な角度から検討した結果、贔屓目《ひいきめ》に見ても成人男子というには幼さの残る『真奥貞夫《まおうさだお》』が高校生として、上背のある青年と呼んで差し支えない『芦屋四郎《あしやしろう》』が家賃と生活のために仕事に出ることが決まる。

真奥《まおう》は腐っても、少年になっても魔王である。

残り少ない魔力を浪費することなく、入試のみならず一般的な学生が日本で過ごす上で必要と思われる多くの知識を半年で脳内に収め、見事笹幡北《ささはたきた》高校の入学試験に合格したのだった。

「大家さんが保護者、ってわけじゃねぇんだよな」

まんざらでもない顔で合格通知を眺める真奥《まおう》は、ふとそう言った。

「当然です。何かあったときには保証人をお願いすることは多々あるでしょうが」

「それはいいんだけどさ、四月の最初の保護者面談とかそういうの、どうすりゃいいんだろうと思ってよ」

日本に来てから半年の間に、高校生らしい砕けた調子に、口調も意識して変えてきた。

今のところこれで、日本に住む人間に不審がられたことは無い。

「恐れながらこの場合私が、ということになるのでしょうね」

「しかねぇよなぁ。お前俺のなんなんだ？」

「それは勿論《もちろん》、魔王様に忠誠を誓う悪魔大元帥として……」

「担任の先生に悪魔大元帥ですなんて紹介できっか。そういうことじゃねぇよ。親父《おやじ》……じゃねぇよな。見た目そんなに年離れて見えないし」

「兄弟とかいとこ同士などが、一番無理が無いのではないかと思います」

「まぁそれしかないだろうな」

「でしたら私が弟として……」

「バカか」

なんとなく言いそうだなと思ったことを本当に言うものだから、真奥《まおう》は笑ってしまった。

「俺の保護者だって言ってんのになんでお前の方が弟なんだよ。お前が兄貴に決まってんだろ」

「で、ですが私が魔王様の兄などとそんな恐れ多い……」

「見た目も実年齢もお前の方が年上なんだから何も問題ないだろう。あくまで対外的にはそうしようってだけの話だ。必要なときだけ俺の兄貴らしく振る舞ってくれればいい」

「ひ、必要なときだけ……ううむ、できるでしょうか……」

「やってもらわなきゃ困る。頼んだぞ」

「しょ、承知致しました。ですが魔王様、兄弟でもいとこでも、そうするに当たって……」

「待て芦屋《あしや》、折角だから今から練習だ。俺に対して兄貴らしく振る舞ってみろ」

「はっ!?」

芦屋《あしや》が何か言いかけたのを遮って真奥《まおう》が言うと、芦屋《あしや》は腰を抜かさんばかりに慄《おのの》いた。

「お、お許しください。それだけは……」

「お許しくださいって、俺が許してんだからやれよ。ってか誰もいないのにできなくて、誰かいるときできるのかよ」

「しかし、しかし！」

「しかしもカカシもねぇ。大昔はやってたんだからやれねぇこたねぇだろ。やれ」

『弟分』からの恐るべき命令に、『兄貴分』は視線を空中に泳がせ、体を震わせながらようよう口を開いた。

「は、はい……その、ええっと、あの、わ、我々がその、兄弟として振る舞う上での、あの、問題が一つありま……あってだな」

「なんだ？」

「私と魔王様の……」

「おい、弟に様付けする兄貴がいるか。呼び捨てだ呼び捨て」

「……私と真奥《まおう》の……」

「課長の某《なにがし》はじゃねぇぞ。下の名前で呼び捨てだ」

「……わ、わ、私とさ、さ、貞夫《さだお》の、だな」

兄貴分なのに泣きそうになりながら、芦屋《あしや》は必死で言いきった。

「苗字《みようじ》が違うのは表向きどう説明すればいいのだろうか⁉」

「ああ、そうか。そうだったそうだった。俺とお前苗字《みようじ》違うのにしちまったんだっけ」

「こんなことになるとは露《つゆ》ほども思わなかったもので……ものだからな！」

言いきるのに必死で大声になってしまう芦屋《あしや》である。

「よし、こういうのどうだ。元々は同じ苗字《みようじ》だったが、訳あって両親が離婚してお前は母方の苗字《みようじ》になったってのは」

「そ、それでは戸籍などを調べられたときに、記録と違ってしまうのではあり……ま、せんか……それと、設定が微妙に重いというか」

今度は失敗したが、真奥《まおう》は咎《とが》めずに続けた。

「そうか。戸籍謄本って結構色々書いてあるもんな。ならやっぱ親戚だ。従兄弟《いとこ》の兄ちゃんちに居候《いそうろう》してるってなら大丈夫だろ。両親は海外赴任したとか、お前はもう実家から独立してるとかなんとか言って」

「そもそも魔王様の」

「貞夫《さだお》」

芦屋《あしや》は奥歯を食いしばって唸《うな》る。

「……………貞夫《さだお》の両親がっ！　き、記録に存在するのかっ⁉」

「どうしてもそういうのが必要になったときこそ大家さんの出番だろう？　公的な書類でも委任状でもなんでもでっちあげて、親代わりになってもらえばいい。とにかく、じゃあ苗字《みようじ》が違う事情は従兄弟同士《いとこ》だから。基本はお前が俺の保護者で、どうしようもなくなったときには大家さんに助けを求めるってことでいいな？」

「了解いたしました」

「…………いいな？」

「…………分かった」

まだ兄と弟ごっこは続いていたらしい。

「……魔王様、これ心臓に悪いです」

「少しずつ慣らしていくしかねぇなお互い。俺も、お前に強く出がちなとこは直さねぇとな」

何もしていないのに顔面蒼白《そうはく》な芦屋《あしや》が遂《つい》にギブアップし、真奥《まおう》は気の毒そうに見下ろす。

「しかし魔王様。結局大家さんは、一体何者なのでしょうか」

「……」

「見た目はともかく聖法気《せいほうき》や魔力の類《たぐい》を一切感じませんからこの国の人間であることは間違いありません。なのに、彼女の振る舞いはどう考えても我らがこの世界の者でないということを理解しているとしか思えません」

「その上でどうして俺達のパトロンみてぇな真似《まね》をしてくれてるか。まぁ考えてたところで仕方が無い。今はまだ大家さんのおかげで飯食えてるようなものだし、生活も大家さんの支援なしには成り立たない。別に何か無理無体を強いられてるわけじゃないんだから、謹んで掌《てのひら》の上で踊らせていただこうぜ」

真奥《まおう》はそう言うと、壁にかけられた制服一揃《ひとそろ》いを仰ぎ見た。

「とりあえず、俺は明日から笹幡《ささはた》北高校一年A組、真奥貞夫《まおうさだお》だ！」

開け放った窓の外から迷い込んだ一陣の風が、遅咲きの桜の花びらを室内に届けた。

「頼むぞ、兄貴」

「ま……任せろ、貞夫《さだお》」

その日から、魔王サタンと悪魔大元帥アルシエルの新たな生活が、この日本で始まったのである。

※

それから一年。

真奥《まおう》は誰の目にも模範的な高校生として過ごし、つつがなく二年次に進級していた。

保護者面談などで芦屋《あしや》が学校に出向くのも特に不審がられることはなく、学校の成績は優秀の二文字。

男女問わず友人は多く、一年次に引き続き二年次にも担任となった安藤《あんどう》教諭の覚えも良い。

家庭の経済事情も相まって部活には所属していないが、元々の身体能力が高いため、色々な部活から時々勧誘や助《すけ》っ人《と》依頼が来たりする。

今のところ、最初に志波《しば》に学生になれと言われたときに警戒していた異常事態のようなものは周囲に起こらず、学校生活は平和そのもの。

世界征服をしようとしていた魔王が学生生活を謳歌《おうか》していること自体が異常だと言われればそれまでだが、実際に平和なのだから仕方が無い。

真奥《まおう》はアパートから徒歩十分の場所にある、京王線《けいおう》笹塚《ささづか》駅構内の改札で立ち止まって時計を眺めていた。

時間通り、と思った瞬間には、

「貞夫《さだお》、おはよ」

改札を通ってやってきた少年が、真奥《まおう》の肩を親しげに叩《たた》いた。

「おう、義弥《よしや》」

真奥《まおう》も親しげに挨拶をし返す。

「貞夫《さだお》、今日の四時間目の英語のリーディング、予習やってきた？」

「なんだよ、新学年一発目の授業からノート見せろってか」

昨年からのクラスメイト、江村義弥《こうむらよしや》は調子良く頭を下げた。

「よろしくお願いします!!」

「そのすがすがしさだけで見せたくなっちまうから不思議だ」

「真《ま》っ直《す》ぐな性格だけが俺の取り柄だからな！」

「だったら真《ま》っ直《す》ぐ予習もやってこいよな」

「へへへ」

悪びれなく笑う義弥《よしや》だったが、次の瞬間、

「おごっ！」

その頭頂部に何か長い物が降ってきて、目から星を散らした。

「義弥《よしや》、あんたねぇ」

険の籠った少女の声が、義弥《よしや》の背後から聞こえる。

「進級早々予習の成果を人にタカるんじゃないの。貞夫《さだお》も、義弥《よしや》を甘やかさない！」

「おう佳織《かおり》。おはよう」

「ショージー……お前今矢筒で俺の頭……」

長い黒髪に、笹幡北《ささはたきた》高校の女子制服。そして自分の身長より遥《はる》かに長いものを持っているのはやはり真奥《まおう》と義弥《よしや》のクラスメイト、東海林《しょうじ》佳織《かおり》であった。

弓道部に所属しており、長い物は弓で、今義弥《よしや》の頭をドヤしたのは矢を収める筒であった。

「矢が曲がって狙いが狂っても知らねぇぞ！」

義弥《よしや》も同じく弓道部に所属しているのだが、彼の弓は今は学校にあるらしい。

二人は小学校時代からの幼馴染《おさななじ》みだということで、真奥《まおう》が知り合ったときにはもう二人はこんな調子であった。

「曲がったら義弥《よしや》に弁償させるからいいわよ」

「ショージーてめぇ……」

「ほら、こんなとこに突っ立ってると邪魔になる。二人とも行こ！」

「おう」

「あ、おい！」

言いたいだけ言ってさっさと歩き出す佳織《かおり》の後ろを真奥《まおう》が苦笑しながら、義弥《よしや》が頭を押さえながら追いかける。

笹塚《ささづか》駅や京王《けいおう》線の線路と平行に通る甲州《こうしゅう》街道の横断歩道を渡ると、そこは百号通《ひゃくごうどお》り商店街と呼ばれる通りであった。

「お、いたいた」

笹塚《ささづか》駅から降りてくる人、笹塚《ささづか》駅に向かう人が大勢交錯して、ちょっとしたラッシュの様相を呈する通りのちょうど入り口に当たる角に、真奥《まおう》は人影を発見する。

向こうもこちらに気づいたのか、大きく手を振ってきた。

真奥《まおう》がそれに応え、佳織《かおり》が弓を軽く上げ、義弥《よしや》も一拍遅れて手を上げた。

やがて信号が青になり、三人は人ごみを縫って横断歩道を渡る。

「おはよう！」

三人を待っていたその少女は、一際《ひときわ》元気な笑顔で見本のような挨拶をしてから、全員の顔を順繰りに見て何かを悟ったか、

「江村《こうむら》君また何か、かおを怒らせるようなことしたの？」

遠慮なく、確信を持ってそう言った。

「ちっげーよ、俺は何もしてねえよ」

「何もしてないから、だね」

義弥《よしや》と佳織《かおり》はそれぞれに反応する。

「義弥《よしや》は甘やかせば甘やかすだけ甘えるからね。私がきちんと見てやらないと、こっちはこっちで人がいいからすぐ甘やかすし」

佳織《かおり》はそう言って、仕方ないという様子で肩を竦《すく》めながらもう一人の少年を指さす。

少女はきょとんとして大きな目を瞬《まばた》いてから、佳織《かおり》が指さす方向を見た。

「江村《こうむら》君とかお、何があったんですか？　真奥《まおう》さん」

「まぁ、道すがら話すよ。今更ちーちゃんが驚くようなことじゃないけどな。義弥《よしや》は二年になっても変わらねぇってだけで」

いつも揃《そろ》って登校する真奥《まおう》の良き友人にしてクラスメイトの三人。

その最後の一人、栗色《くりいろ》の髪と大きな瞳が印象的な少女、佐々木千穂《ささきちほ》は、真奥《まおう》の言葉の意味するところが分からず首を傾《かし》げた。

「おい貞夫《さだお》、そりゃ俺が成長してないってことか？」

するとと真奥《まおう》に義弥《よしや》が突っかかり、

「義弥《よしや》、あんた自分が成長してるとか本当に思っちゃってるの？」

義弥《よしや》に佳織《かおり》が辛辣な言葉を浴びせ、

「かお、そんなこと言ったら江村《こうむら》君が気の毒だよ。江村《こうむら》君も頑張ってること、きっと何かあると思う！　多分！」

とげとげしい佳織《かおり》を千穂《ちほ》が抑えようとして、

「ちーちゃんちーちゃん、その言い方は逆に義弥《よしや》が凹《へこ》む」

真奥《まおう》が千穂《ちほ》に突っ込む。

一年A組以来の仲良し四人組、真奥貞夫《まおうさだお》、江村義弥《こうむらよしや》、東海林佳織《しょうじかおり》、そして佐々木千穂《ささきちほ》の、昨年から幾度となく繰り返されてきた、日常の光景の一幕であった。

「大体矢筒で人の頭殴るとかよぉ」

「えっ⁉　かお⁉」

「えー貞夫《さだお》、私そんなことしてないよねー？」

「佳織《かおり》、お前って奴《やつ》は」

「第一、義弥《よしや》が英語の予習を貞夫《さだお》にタカろうとするのが悪いんだから」

「江村《こうむら》君……」

「な、なんだよ佐々木《ささき》。だって他に頼れる奴《やつ》が」

「江村《こうむら》君は真奥《まおう》さんに頼りすぎ！　真奥《まおう》さんもダメですよ！　あんまり江村《こうむら》君甘やかしたら！」

「つーことで義弥《よしや》、あんた今から走って学校行って、必死に予習しな。貞夫《さだお》のノートは私達が死守するからね」

「お前ら俺を殺す気か！」

「まぁ、最初からきちんと予習してくりゃ死ななくて済むわけだしなぁ」

「さ、貞夫《さだお》！　後生だ！　俺を助けてくれ！」

「いやー、見せたらちーちゃんと佳織《かおり》に怒られそうな気がするし？」

「昼飯を奢《おご》る！」

「俺いつも兄貴が弁当作ってくれてるから」

「貞夫《さだお》おおお！」

義弥《よしや》の悲鳴と三人の笑い声が笹塚《ささづか》の空に響き、その声を春の風が散らしていく。

「……」

「真奥《まおう》さん？　どうしたんですか？」

そのとき、真奥《まおう》がふと立ち止まって後ろを振り向いた。

千穂《ちほ》がそれに気づいて尋ねると、

「いや、なんでもない」

真奥《まおう》は笑顔で首を横に振り、すぐに何ごともないように歩き出した。

「ところでささちー、あんたなんで未《いま》だに貞夫《さだお》に敬語なの？　同じ学年なのにさ」

「え？　なんでだろう。なんか最初に真奥《まおう》さんが大人っぽく見えたせいでなんとなく……別に深い意味は無いんだけど……変、かな？」

最後の真奥《まおう》に尋ねる言葉には、少しだけ頑張っている様子が見えた。

「いや、まぁ俺もしっくりきちゃってるからどっちでもいいんだけど」

一度定着した喋《しゃべ》り方を変えるのが意外に難しいことは『兄貴』との経験上真奥《まおう》もよく理解していた。

「あれだ、佐々木《ささき》はきっと、貞夫《さだお》から大人という名の留年《ダブリ》の気配を感じ取ってんだな。貞夫《さだお》、お前本当は俺らより年上……」

「義弥《よしや》、予習頑張れ」

「悪かった！　俺が悪かった！　学年一位様！　頼むから助けてくれ！」

「危ない危ない……気づかれなかったかしら」

四人の少年少女が楽しげに歩くその少し後方。

路地の電柱の陰に、一人の女が身を隠していた。

先ほど真奥《まおう》を魔王と罵り、ヴィラ・ローザ笹塚《ささづか》二〇一号室から退出した遊佐恵美《ゆさえみ》と名乗る女性だった。

春めいた淡い色合いのチュニックと、九分丈で柔らかめのデニムパンツに白いヒールパンプス。

肩にはミドルサイズのショルダーバッグをかけている。

今朝方ヴィラ・ローザ笹塚《ささづか》二〇一号室を訪ねたときと同じ姿であり、なぜか衣類全体に二日連続で同じ服を着てしまったときのようなくたびれが見えるが、それを除けばどこからどう見ても、これから会社に出勤しようという日本のOLの姿だった。

遊佐恵美《ゆさえみ》は恐る恐る電柱の陰から出ると、少し離れた場所で真奥《まおう》達四人が楽しそうに話しながら歩いている後ろ姿を再び見つける。

「本当に……高校生してる」

恵美《えみ》は真奥《まおう》の傍《かたわ》らに集まる三人の同級生らしい人間に意識を集中するが、三人からはなんら不穏な気配を感じない。

少なくとも彼らは普通の人間であり、うっすらと聞こえる会話を耳で拾う限り、この日本で学校に通った経験の無い恵美《えみ》の耳にも、普通の学生同士の会話にしか聞こえなかった。

「ああ、もう時間が無い」

可能ならばもっと彼らを尾行したかったが、恵美《えみ》には恵美《えみ》の事情がある。

今日はこれから出勤なのだ。

恵美《えみ》は朝食どころか、昨日の夜から何も食べていない上、実は一睡もしていない。

恵美《えみ》の仕事は集中力を要するし、勤務中に空いた小腹を満たすために菓子をつまめるような職場でもない。

睡眠不足ばかりは如何《いかん》ともし難《がた》いが、今のところは尾行を中止し、どこか手近な店で朝食を取って、魔王の観察は夕方以降に再開するしかない。

貧乏だからどこにも行けない、逃げたりしない、という敵の言葉を信じるのは癪《しゃく》だが、今はそれに賭けて、恵美《えみ》は尾行を中止し踵《きびす》を返《かえ》した。

恵美《えみ》は周囲を見回し、この場所からなら笹塚《ささづか》駅よりも幡ヶ谷《はたがや》駅から電車に乗った方が早いと判断する。

恵美《えみ》の職場は新宿《しんじゅく》にあり、幡ヶ谷《はたがや》から乗る京王《けいおう》新線では新宿《しんじゅく》駅の西口と南口のあたりに到着することになる。

恵美《えみ》は早足で笹塚《ささづか》の町を歩き、やがて甲州《こうしゅう》街道まで戻るとこれまで近辺を歩き回った記憶と、ショルダーバッグから取り出した携帯端末スリムフォンの地図アプリを頼りに幡ヶ谷《はたがや》駅へ向かう。

すると幡ヶ谷《はたがや》駅のすぐそばに、主にハンバーガーを販売するファストフード店、マグロナルドが店を構えているのが見えた。

「朝ご飯、もうあそこのマグドでいいや」

この時間ならマグロナルドは朝食限定メニューをやっているはずだ。

恵美《えみ》は店に駆け込み、空いているカウンターに早足に寄っていくと、

「ええと、ベーコンエッグサンドのセットで飲み物を野菜ジュ……」

店員に手早くオーダーを入れようとして、その言葉が止まる。

「……！」

店員は店員で、まるで化け物でも見たかのような驚愕《きょうがく》の表情を貼りつかせて恵美《えみ》の顔を見ていた。

そして次の瞬間、その表情をコピーしてしまったかのように、恵美《えみ》の顔もまた驚愕《きょうがく》で強張《こわば》る。

「え、エミリア？」

「あ、あ、アルシエル⁉」

カウンターで自分のオーダーを取っているマグロナルドの制服姿の男は、芦屋《あしや》四郎《しろう》と名乗っていた魔王の腹心にして悪魔大元帥、アルシエルではないか。

「ど、どうしてあなたが」

「何故《なぜ》貴様が」

「「このマグロナルドに⁉」」

恵美《えみ》のアルバイトは受信専門テレアポ契約社員だった。

新宿《しんじゅく》駅東口から歩いて十分ほどのビジネス街にある携帯電話会社大手ドコデモの子会社ビルにあるオフィスで、主に苦情処理やお客様相談を請け負う仕事だ。

苦情処理も扱う受信専門はテレアポでもなり手の少ない分野らしく、恵美《えみ》はこの世界で得た最初の職にこうして今でもついている。

人手不足の職場なので時給は高く、度胸が据わっており声も美しい恵美《えみ》は職場では重宝される存在であった。

さらに恵美《えみ》には、この世界の全ての言語を把握する力があった。

聴いたことの無い言語が飛び出してきても、概念を脳が理解する一種の精神感応能力だ。こちらの概念をそのまま返せば、相手も分かってくれる。これが傍《はた》から見ると英語もフランス語も韓国語も中国語も全てペラペラであるように見えるらしい。

恵美《えみ》は出勤してロッカールームで濃紺のベストにタイトスカート、ブラウスにグリーンのタータンチェックリボンというデザインの制服に着替え、勤怠コードを『出勤』にすると割り当てられた自分の席に着く。正社員ではないので決まった席というものは存在しないのだが、人手が無い職場なので大抵オフィスの同じ島に着席することになる。

「おはよー、恵美《えみ》」

「……おはよ……梨香《りか》」

隣の席の同僚、鈴木《すずき》梨香《りか》が声をかけてきた。日本で最も仲の良い友人で、同じ日に出勤すると隣り合わせの席になるのだ。濃紺の制服に明るいブラウンのショートカットがよく映える。

「ど、どしたの。なんかえらく顔色悪いけど」

「……朝ご飯、食べそびれちゃって。あと、ちょっと寝不足で」

「おぅ……マジか」

恵美《えみ》の口ぶりと顔色を見ると、どう考えてもそれだけとは思えないのだが、それ以上問いかけるのもはばかられるほどの負のオーラを感じた梨香《りか》は、今日の昼はとっておきの美味《おい》しい店を恵美《えみ》に紹介しようと心に決めたのだった。

一方の恵美《えみ》は、何も聞かないでいてくれる梨香《りか》の気持ちに感謝しながらも、何もしないうちから体が疲労困憊《ひろうこんぱい》状態であるのを感じていた。

「せめて、二人で悪行三昧でもしててくれれば良かったのに」

恵美《えみ》は頭の中で、当初の目的通り、この日本に潜伏した魔王サタンとアルシエルを今の状態で討伐したらどうなるか、シミュレートした。

『兄弟を襲った悲劇。帰宅路に潜む凶刃《きょうじん》』

そんな新聞の見出しと共に、間違いなく討伐した恵美《えみ》が悪人としてこの世界で警察に追われることになる。

「……これじゃ帰れるだけの聖法気《せいほうき》があっても、後味悪すぎるじゃないの」

恵美《えみ》は先ほど見た、真奥《まおう》の級友と思《おぼ》しき少年少女達の笑顔を思い出し、うめいたのだった。

※

魔王サタン討伐をあとわずかのところで成し遂げられなかった勇者エミリア・ユスティーナは、すぐに魔王が作り出したゲートに飛び込み後を追ったのだ。

だが傷ついた魔王の作ったゲート故か、極めて不安定なゲートの奔流に巻き込まれ、気が付けば東京《とうきょう》のど真ん中に倒れていた。

魔王とアルシエルの姿と魔力はどこにも無く、同じ世界に流されたのかすら確信が持てぬまま、恵美《えみ》は一人東京《とうきょう》を彷徨《さまよ》うこととなる。

魔王とアルシエルがどのような経緯で今のあの場所に住居と居場所を得たのかは分からないが、少なくとも恵美《えみ》は、この一年たった一人で日本を彷徨《さまよ》い、居所を得てきた。

あの六畳一間でサタンに看破されたように、自分もまた、奇跡の力である法術を振るうためのエネルギー〝聖法気《せいほうき》〟を極力セーブしながら日々過ごしている。

この日本、いや、地球には、聖法気《せいほうき》が存在しない。

エンテ・イスラに生きていれば、呼吸するだけで大気から補充することのできる基礎的なエネルギーが存在しないのだ。

全盛期の勇者の力を存分に振るえば、人間の一人二人どころか、ちょっとした軍隊相手でも消し炭も残さず倒すことができる恵美《えみ》だが、今はそういうわけにはいかない。

魔王やアルシエルが傷ついた体で日本にやってきてしまったように、エミリアもまた、魔王に止《とど》めの一太刀《たち》を浴びせんとし、戦いで消耗した聖法気《せいほうき》や体力を回復しないままゲートに飛び込み、日本にやってきてしまったのだ。

それでも普通の人間には及ぶべくもない身体能力と法術を振るえるだけの自信はあるが、もしこの力を使ってしまったら、エンテ・イスラに帰るだけのエネルギーを残しておけるかどうかの保証はどこにも無い。

魔王もアルシエルも今でこそ魔力の残滓《ざんし》も感じさせず人間に身をやつしているが、既にこの国にやってきてからお互い一年もの時間が経過しているのだ。

どのような卑怯《ひきょう》な手段でどこからか魔力を得ているかもしれず、もし予想外の力で抵抗された場合、討伐しきれないばかりか最悪返り討ちに遭う可能性すらある。

この一年、恵美《えみ》はエンテ・イスラの仲間からの救助を待ち続けたが、遂《つい》に魔王とアルシエルを発見するまでに仲間と合流することは叶《かな》わなかった。

なればこそ、今、自分は魔王とアルシエルの状況を細心の注意を払って監視せねばならないのに。

「仕方のないことだったけど、それでも、それでも」

恵美《えみ》は隣にいる梨香にも聞こえない声で、そう呟《つぶや》いた。

「どうしてあそこで、もっと他の行動を取れなかったんだろう」

あの最終決戦のゲートに飛び込んだときから一年と少し。

恵美《えみ》の運命が再び変わったのは昨夜のことだった。

魔力こそ感じなかったものの、それまで集めた様々な情報を総合し、魔王とアルシエルが少なくとも一度はこの渋谷《しぶや》区と世田谷《せたがや》区と杉並《すぎなみ》区が接する地域に潜伏したという確信を得ていたエミリアは、新宿《しんじゅく》から自宅のある杉並《すぎなみ》区の永福町《えいふくちょう》まで歩いて帰っている最中だった。

歩道を歩く恵美《えみ》を、学生服の少年が跨《また》る一台の自転車が追い越していった。

それだけなら一切気に留めなかったが、普通はまず聞かないような大音量の衝突音とスキール音が前方から聞こえてきたのだ。

ふと顔を上げると、先ほど恵美《えみ》を追い抜いていった自転車が信号待ちをしている交差点に向かって、不格好《ぶかっこう》な改造車が突っ込んでいく様子が目に入ったのだ。

ぶつかる。

咄嗟《とっさ》にそう思った。

丁度赤信号で停止してしまった少年の自転車は、回避行動が取れない。

そこに改造車がブレーキをかける気配すらなくやってきた。

気がつけば、体が動いていた。

「光爆衝破《こうばくしょうは》っ!!」

恵美《えみ》は迫りくる車の進路を変えるために、躊躇《ためら》うことなく法術の光弾を手から発射する。

そして自らそれを追って全力で駆けた。

放った法術と並走するという非常識な挙動で恵美《えみ》は少年に追いつくと、

「ふっ!!」

今まさに突っ込んでこようとする車に光弾が着弾する瞬間、自転車ごと少年を抱え上げ全力で跳躍し、

「くっ……!」

跳躍しつつ眼下の改造車が法術に弾《はじ》き飛《と》ばされて空中で一回転し、屋根から地面に落ちてガードレールに激突し停止するのを見ながら、反対側の交差点に着地した。

「大丈夫?」

腕の中の少年に恵美《えみ》が尋ねると、

「いや、特になんとも……」

混乱している様子だが、とにかく無事だとほっと胸をなで下ろした。

恵美《えみ》は咄嗟《とっさ》に周囲を窺《うかが》う。

見れば暴走車をよけようとしたのか、何台もの車が首都高の橋脚の土台やガードレールに突っ込んでおり、事故の大きさが改めて窺《うかが》える。

恵美《えみ》は暴走車を睨《にら》みつけるが、逆さまになった車から誰かが這《は》い出《で》てくる様子は無い。

死ぬような撃ち方はしなかったはずだが、運転手の状態が気になった、そのときであった。

「今の……法術は」

少年の小さな呟《つぶや》きが、なぜか聞こえた。

周囲のざわめきやどよめき、高速道路の騒音と、事故によって道路が詰まってしまった故の渋滞の音。

そんな騒音の中、その言葉ははっきりと、恵美《えみ》の耳に聞こえてしまった。

全身が、絶対零度に凍る。

恵美《えみ》は、自分の動揺を少年に悟られまいと、体を固くした。

黒く短い髪。学ランの前を開いて、中にTシャツを着込んでいる。

自転車はどこにでもあるシティサイクル。

どこにでもいる、本当にどこにでもいる中学生か高校生の少年だ。

だが、恵美《えみ》は気づいてしまった。

この辺りにいるとは思っていた。

もしかしたら魔力を失っているのではとも予想していた。

だが。

人間の姿になっていることまでは、予想していなかった。

まして、こんな少年の姿などと。

「……まさか」

それでも、緊張で喉が渇く。冷や汗が流れる。

動悸《どうき》が激しくなる。

少年は、驚いていなかった。

恐怖を感じていなかった。

車が迫ったことにではない。

常識外れの力で車が弾き飛ばされ、通りがかりの女性が自転車ごと自分を抱えて跳躍したことについてだ。

恵美《えみ》は、自分の心をどう整理していいか分からなかった。

唐突だった。

だが、唐突な再会しか、有り得ないと分かっていた。

それでも、唐突だった。

自分は今、命を救ってしまった。

魔王サタンの命を。

近寄ってくる無数の緊急車両のサイレンを聞きながら、恵美《えみ》は絶望に囚《とら》われていた。


恵美《えみ》にとってさらに誤算だったのは、実況見分を終えた警察に、事情聴取のために交番に連れていかれた上、二台のパトカーでそれぞれの自宅に送られてしまったことだった。

永福町《えいふくちょう》の自宅、アーバンハイツ永福《えいふくちょう》町五〇一号室に帰った恵美《えみ》は、パトカーが去った後、即座にまた家を出て、タクシーで笹塚《ささづか》に取って返した。

魔王サタンらしい少年は、交番で住所を控えられていた。

そのとき聞こえてきた言葉を頼りに笹塚《ささづか》の町を歩くと、すぐにパトカーが停《と》まっているアパートを発見する。

記憶にある住所地とも一致するその場所を見て恵美《えみ》は驚いた。

恵美《えみ》の住むマンションとは比べるべくもない、おんぼろアパートと呼ぶにふさわしい建物の二階の一部屋にだけ、灯《あか》りが点《つ》いている。

警察が運んだのか、自転車も確認できた。

間違いない。

この世界で、この町で、あの事故を見て『法術』という言葉が出てくる少年の住処《すみか》はここだ。

今すぐにでも灯《あか》りが点《つ》いた部屋に乗り込みたいという逸《はや》る気持ちを、その場は抑えた。

相手が何人いるかも分からないし、警察の動きも気になるし、何より他にもアパートの住人がいるかもしれない。

住人がいれば、魔王であるらしい少年が何か悪辣なことをしているかもしれない。

少年は、恵美《えみ》のことを不審がってはいなかった。

だが恵美《えみ》の身体能力や法術に気づいているなら、自分の正体に勘付いている可能性は高い。

逃げるだろうか。

それとも、向こうもこちらと同じように恵美《えみ》の住所を耳で記憶し、永福町《えいふくちょう》のマンションを襲うだろうか。

どちらもありそうで、恵美《えみ》はその場から動けなくなった。

だから警察がアパートから引き上げると同時に、アパートの敷地《しきち》内に忍び込んで周囲の気配を警戒しつつ、そのままアパートの裏庭で一夜を明かしてしまったのだ。

結局問題の部屋から住人が出てくる気配も無く、どこかを襲いに行くようなこともなかった。

ただ当たり前のように、何やら朝の準備をしているような昨夜の少年の声が聞こえ、とうとう我慢がならなくなった。

過剰な緊張を強いられたエミリアは、今こそ決着のつけ時と寝不足と緊張で疲労した頭でアパートの階段を上がってゆく。

だがたとえ冷静であったとしても、このときの恵美《えみ》には永福町《えいふくちょう》に帰る、という選択肢はあり得なかった。

ようやく見つけたのだ。

世界の、人類の敵を。

この機会を逃せば、また自分は、この世界を彷徨《さまよ》わねばならないかもしれない。

それにはもう、耐えられなかった。

『芦屋《あしや》』『真奥《まおう》』と、二つの苗字《みょうじ》が油性ペンでかまぼこ板に書かれ、ドア脇に貼りつけられている。

「真《まこと》に奥で、まおう、か。フザけてるじゃない」

恵美《えみ》は呼び鈴を躊躇《ためら》いなく押す。

「どちら様ですか」

中から応える声は、昨日の少年の声ではなかった。

だが恵美《えみ》は、確信を持って叫んだ。

「どちら様とはご丁寧な挨拶痛み入るわね！　四天王にして悪魔大元帥アルシエル！」

途端に中から、動揺の気配が伝わってくる。

「な、何者っ！」

ほとんど答えが出たも同然であった。

「何者？　そうね、あなたは魔王城での戦いのときも、私に向かってそう言ったわ。忘れたわけではないでしょう！　勇者エミリアの名を！」

次の瞬間、長い異世界彷徨《ほうこう》の末、因縁の戦いの火ぶたが切って落とされる……はずだったのだ。

今年高校二年生になるという魔王サタンこと真奥貞夫《まおうさだお》は、あのアパートの大家の女性の後見を得て、今は笹幡北《ささはたきた》高校という都立高校に通っているらしい。

その上、魔力を喪失しても野望は失わないとばかりに表明されたのが、今朝の『この世界で生徒会長になってみせる』宣言である。

緊張の一夜を過ごした末にあんなことを言われて信じろという方が無理だが、実際にその後、ごくごく自然な学生の姿を見せられ、その上悪魔大元帥がマグロナルドで営業スマイルを振りまいている姿を目の当たりにしては、体にかかる疲労と睡眠不足による圧迫感は勇者といえども耐え難《がた》かった。

この日の恵美《えみ》は、普段絶対にやらないような些細《ささい》なミスを連発し、フロアリーダーからお叱りをいただいてしまう。

その上問い合わせの件数は異様に多く、真奥《まおう》達のことが気にはなるが、とても早退できるような空気でもなく、疲労困憊《ひろうこんぱい》のまま定時まで耐えることになった。

この上、また笹塚《ささづか》に寄って真奥《まおう》達の様子を監視しなければならないのか。

「……無理。絶対無理」

昨日の今日で何かが変わるとも思えないが、魔王相手である以上油断はできないし、もし戦闘が発生すれば、この体調ではとても勝利できるとは思えない。

「せめて……誰か一人でも仲間がいれば……」

帰宅して休む。

ただその判断すら、怖い。

恵美《えみ》は帰宅ラッシュの新宿《しんじゅく》駅に立ち尽くしたまま、しばらくどうすることもできずに呆然《ぼうぜん》としていた。

※

「真奥《まおう》さん、どうしたんですか？　さっきからきょろきょろして」

「ああいや、なんでもない」

空が茜色《あかねいろ》に染まる時間、真奥《まおう》と千穂《ちほ》は揃《そろ》って下校していた。

義弥《よしや》や佳織《かおり》と同じく弓道部に所属している千穂《ちほ》は、部活が休みの日だけこうして真奥《まおう》と同じ通学路を下校する。

普段なら義弥《よしや》と佳織《かおり》も一緒にいるのだが、今日に限っては佳織《かおり》は家の用事で、義弥《よしや》は別の友人とどこかに出かけるとかで二人より先に帰ってしまった。

「なんかちーちゃんと二人きりで帰るってのが新鮮だなって思って」

「そっ……」

茜色《あかねいろ》の空の下で、千穂《ちほ》の顔に赤みが差したことには誰も気がつかない。

「そう、ですね！」

もちろん真奥《まおう》も気づかなかったし、もっと言えば真奥《まおう》が気にしているのは全く別のことであった。

真奥《ま・おう》は朝の登校時間、恵美《えみ》が尾行してきているのに気づいていた。

朝のラッシュの中、そこだけ空白が生まれたように気配を消している人間がいれば、嫌でも目立つ。

恵美《えみ》はどういうわけか朝に部屋を訪ねてきたときから妙に疲れた表情をしていたが、判断力が鈍っているのだろうか。

普通の人間の中に忍者装束の忍者が紛れていれば、目立ってしょうがないのと同じようなものだが、とにかく下校時にまで尾行されては落ち着かない。

だが今は周囲を探っても恵美《えみ》がどこかに潜んでいる様子が無かったため、さすがに杞憂《きゆう》だったかと胸をなで下《お》ろすが、

「まぁ、それでも面倒事が無くなったわけじゃないだろうが……」

恵美《えみ》が、勇者エミリアが、自分を見つけたら見つけたまま放置しておくわけがない。

今朝は大人しく引き下がったが、いつ自分の寝首を掻《か》いてくるか分からないし、自分にはそうされるだけの覚えがある。

まさか千穂《ちほ》達を巻き込むような戦いを仕掛けてくることは無いだろうと思いつつ、恵美《えみ》が聖《せい》法気《ほうき》を濫用できないというのも推測でしかないため、真奥《まおう》は今日の授業中もずっと気が休まらなかったのだ。

「はぁ、明日からどうすっかなー」

「そうですねー。困りますよねー」

すると、真奥《まおう》の独り言になぜか千穂《ちほ》が同調してきた。

「ん？　何が？」

「何がって、パン屋さんのことじゃないんですか？」

千穂《ちほ》がきょとんとして尋ね返してきた。

「いきなりパン屋さんが来られなくなっちゃって、困ってる子多いと思います。今日は随分、お昼ご飯食べ損ねたって話聞きました」

「あ、ああ、そのことか」

真奥《まおう》は一瞬驚いたが、すぐに千穂《ちほ》の言わんとしていることを理解して頷《うなず》いた。

昼休みに学生に軽食を販売するためにやってきていたパンの移動販売車が当分来られず、場合によっては廃業してしまうかもしれないと生徒達に告げられたのは、今日の朝のことだった。

移動販売に来ていたのは米屋《よねや》パン店という、パン屋を開いている自覚があるのかどうか疑わしいネーミングの店だが、老齢に差し掛かった店主の米屋《よねや》は食欲旺盛でお金の無い学生達に学食レベルの安価で大ぶりなパンやおにぎりを提供してくれていたため、学生はもちろん教職員からも人気があった。

寝耳に水とはこのことで、普段から米屋《よねや》の移動販売車で昼食を購入している生徒達の中にはかなりの数、昼食を食べ損ねた者があったらしい。

学校側は一品の販売数を増やすことで対応したが、普段でも食堂だけでは全生徒の昼食を賄うだけのスペースが確保できないため実効的な対策とはなり得ず、学校側はその日のうちに文書を発行し、生徒経由で保護者に謝罪することとなった。

「でも、なんで急に来られなくなったんだろうな」

「職員室に行ったときに先生達が話してたのを聞いた限りでは、なんでも米屋《よねや》パンの車が、事故に遭っちゃったらしいんですよ」

「事故？　穏やかじゃないな」

「この間、近くで暴走事故があったじゃないですか。あれで当てられて、店主のおじさんも怪我しちゃって、車は簡単には修理できないみたいですよ」

表情には出さなかったが、真奥は驚く。それは、自分と恵美を再会させたあの事故だ。

そう考えると、怪我が無いだけで真奥はあの暴走車から甚大な被害を蒙っている。

「それじゃあ、当分再開できねぇのか。ああいう屋台的なことできる車だと修理も金かかるのかな。米屋《よねや》のおっさんも、最悪のことにならなくて良かったけど」

その後はしばらく益体も無い話をしながら真奥《まおう》と千穂《ちほ》は笹塚《ささづか》の町を歩き、やがて、百号通《ひゃくごうどお》り商店街と甲州《こうしゅう》街道がぶつかる角で、真奥《まおう》と千穂《ちほ》は立ち止まる。

ここから二人の帰宅路は分れるわけだが、なんとなく道の端に寄って立ち止まったまま広がった話題がそのまま継続し、時間が経過していく。

「にしても、結局義弥《よしや》の奴《やつ》、腹減ってぶっ倒れてるんだもんなぁ」

「かおが呆《あき》れてましたし、保健室の先生も大笑いしてたって言ってました。お腹《なか》減ってボール蹴り損ねてそのまま倒れちゃうなんて」

友人の昼休みの行動でなんとなく盛り上がる二人だが、腹減って、のキーワードが二人の表情に少し深刻な影を落とした。

「でも、本当にパン屋さん来ないのは困りますよね」

「食堂の隅にパイプ椅子や会議用の長机とか出してたみたいだけど、それで増える席数なんか

たまーに必要になることあるから」

「そういえば真奥《まおう》さんってお昼はいつも……」

「ああ、兄貴が弁当作ってくれてるから無事だけど、たまーに必要になることあるから」

「お兄さんと二人暮らしなんでしたっけ」

「正確にはいとこなんだけどな。貧乏だし食材は限られてるけど、何も無いとこから魔法のように飯を作るんだぜうちの兄貴」

「そうなんですか……」

千穂《ちほ》はなぜか少しだけ残念そうにそう呟《つぶや》く。

「私も普段はお弁当だから今日は大丈夫でしたけど、部活の後なんかのためにパンとか買うこともあるから、やっぱりちょっと困りますね」

「コンビニも遠いし、マグロナルドとかも歩くと距離あるし、そもそも米屋《よねや》パン店の値段とサイズだから買ってるってとこあるからなぁ……あ」

そのときふと、真奥《まおう》ははっと顔を上げた。

「やっべ、もうこんな時間か」

真奥《まおう》はポケットからかなり旧式の折り畳み式の携帯電話を取り出し、時計を確認する。

どうやらこの場所に辿《たど》り着いてから、たっぷり三十分は話していたようだ。

「帰って米研いでおかないといけねぇんだ。今日兄貴仕事早く上がるって言ってたから」

「ご飯の用意って、いつも真奥《まおう》さんがしてるんですか？」

「最低限の準備だけな。基本兄貴がやるって言うから任せきり」

本当は主に食事の用意をさせるなど不敬の極みと芦屋《あしや》が頑として譲らなかっただけなのだが、それは言ったところで仕方が無い。

真奥《まおう》は携帯電話を閉じて乱暴にズボンのポケットにねじ込むと、丁度青になった横断歩道に足を踏み出した。

「それじゃあちーちゃん、また明日！」

「あ、はーい、また！」

一年の頃からそうしてきたように、真奥《まおう》と千穂《ちほ》はようやくそれぞれの家に帰るために別れた。

千穂《ちほ》は甲州《こうしゅう》街道の向こう側の人ごみに真奥《まおう》の姿が見えなくなるまで手を振っていたが、ふと足元に目を落としたとき、

「あれっ⁉」

そこに、たった今真奥《まおう》が持っていた携帯電話が落ちているのに気づいたのだった。


「さて、と、急ぐのはいいが、本番はこっからだな」

真奥《まおう》は千穂《ちほ》の姿が見えなくなると、早足ながらもさらに周囲に注意を払う。

恵美《えみ》が襲い掛かってくるとしたら、自分が一人になったとき、そして周囲の人気が無くなったときだろう。

今朝はなんとかはぐらかすことができたが、一年以上かけて自分を追ってきた恵美《えみ》がそう簡単に討伐を諦めるはずがない。

いつ何が起こってもいいように、それこそ命を守るためなら残り少ない魔力で全力で抵抗できるように、真奥《まおう》は険しい顔で帰り道を歩くが、

「う……」

そのとき大きく腹が鳴った。

「最近、ちょっと弁当足りねぇんだよな。米屋《よねや》の車が来ないの、かなり痛いな」

芦屋《あしや》の作る弁当は限られた予算で献立が構成されるため、男子高校生の腹には時折重しが足りないことがあるのだ。

そういったときには日々積み立てている小遣いの中からさらにチャージしているへそくりで、米屋《よねや》パン店のパンを一、二個見繕ってきたのだが、今日はそれができなかった。

魔力を補給できない今、食事は命を繋《つな》ぐ重要なエネルギー源だ。

このまま米屋《よねや》パン店がいつまでも復帰しなければ、真奥《まおう》の健全な学園生活に支障をきたすのは明らかであった。

その上、一歩学校を出れば今度は刺客が自分を狙っているかもしれないという緊張を強いら

れることになる。

しばらく歩き、アパートが見えてきても、真奥《まおう》の緊張は解けない。

曲がり角で、アパートの敷地《しきち》で、もしかしたら共用廊下や下手をすれば二〇一号室で、勇者エミリアが待ち構えているかもしれないのだ。

新学年進級早々、波乱の様相を呈した生活に真奥《まおう》が眉根を寄せたとき、

「……は？」

多くの不穏な想像を斜め上に裏切る光景を見て、真奥《まおう》は思わず口を開けてしまった。

アパートの二階に上がるための共用廊下。

その一番下の段に、見覚えのある女が腰掛けていたのだ。

「……何してんだあいつ」

それは間違いなく遊佐恵美《ゆさえみ》と名乗っていた勇者エミリアなのだが、近づいて確認するまでもなく、恵美《えみ》は座ったまま、苦悶《くもん》の表情で目を閉じて、うつらうつらと船を漕《こ》いでいた。

どう見ても、真奥《まおう》と芦屋《あしや》を待ち構えようとして、つい居眠りしてしまっている図だ。

「今朝もなんか目の下にクマ浮いてたし……まさか昨夜、寝てないのか？」

思えば恵美《えみ》は、あの車の暴走事故のときにこちらの正体に気づいていたのだろう。

その後の恵美《えみ》の心境を考えれば、もしかしたら自分が逃げたり、或《あ》いは恵美《えみ》を闇討ちしに行くとでも思ったのかもしれない。

「一晩中うちを見張ってたってか」

その上で二〇一号室を出て真奥《まおう》達の登校を尾行して、しかもそのまま出勤したのだとしたら、どんな強靭《きょうじん》な体力の持ち主でも眠さは限界に達するに違いない。

真奥《まおう》はなんだか、苦悶《くもん》の表情を浮かべて眠る恵美《えみ》が気の毒になってきた。

「お前も結構苦労してんだろうな」

昨日と今の様子を見るに、恵美《えみ》の日本暮らしには仲間がいない。

最初から二人暮らしだった真奥《まおう》と芦屋《あしや》とは違い、ずっと一人で気を張って生きてきたのだろう。

「おいっ！」

「んがっ⁉」

だが、だからといって同情してやるかどうかは話が別だ。

真奥《まおう》が大声で呼びかけると、恵美《えみ》は奇声を上げて弾《はじ》かれたように立ち上がり、

「あ、あ、あだっ！」

足元をふらつかせてバランスを崩し、また階段に尻もちをついて座り込んでしまう。

「ま、魔王っ⁉　いつの間に！」

「いつの間に！　じゃねぇよ！　たった今下校したんだよ俺は。ここまで人を舐《な》めくさった威風堂々たる待ち伏せ、見たことねぇぞ」

「くっ……私としたことが」

「勇者としたことがよだれ垂らして居眠りたぁ大したもんだぜ、ったく」

「えっ⁉ あ、わ、わ！」

恵美《えみ》は慌てて口元を拭い、真奥《まおう》を睨《にら》む。

「……わ、私が寝てる間に変なことしなかったでしょうね！」

「人聞きが悪いこと言うなよ今帰ってきたっつってんだろが！ 何かするならそれこそ不審者として通報したって良かったんだぞ。それをくたびれ果てたＯＬのお姉さんが眉間に皺《しわ》寄せて居眠りしてる姿があまりにみじめで気の毒だったから、善良な男子高校生として親切に起こしてやったんじゃねぇか。感謝しろ」

「だ、誰がくたびれ果てたお姉さんよ！ 誰が男子高校生よ！ 誰がみじめで気の毒なのよっ‼」

恵美《えみ》は喚《わめ》くが、寝起きなので覇気は全く無い。

「あなたに感謝なん……なん……へくちっ！」

もう無茶苦茶である。

恵美《えみ》の間抜けなくしゃみを聞いて、空腹もあいまった真奥《まおう》にどっと疲れが押し寄せてきた。

「そりゃお前、春ったってまだ夕方の気温は低いのに、こんな吹きっさらしで居眠りこいてりゃ風邪も引くわ」

「ひ、引いてないわよ！　ちょっと寝起きで鼻が乾いてただけ！」

「鼻が乾くくらい長時間寝こけてたわけかよ」

もう何を言っても泥沼だ。

「な、とにかく分かったろ。お前に見つかったからって俺達はこのアパートから動かないから、今日のところは家に帰って寝ろよ。眼球充血してるし、目の下もすげぇことになってるぞ」

「〜っっ!!」

高校生姿の魔王になだめすかされる自分に、恵美《えみ》は羞恥なのか恥辱なのか、とにかく顔を赤くして俯《うつむ》いてしまう。

「俺これから米研いで、日が落ちる前に部屋に掃除機かけたいんだ。最近芦屋《あしや》が、職場で時給が上がった分忙しくなったらしくてな。家事もできるとこはカバーしてやりてぇし」

「……」

俯《うつむ》いて黙り込む恵美《えみ》の傍《かたわ》らを抜けて、真奥《まおう》は共用階段を上がる。

ためらいなく宿敵たる勇者に背を向けるその後ろ姿すら恵美《えみ》は、振り仰げなかった。

「……待ちなさいよ」

ただ情けなくて、一人気を張っていたのがバカバカしくて、たかが高校生相手に、余裕の態度を取られたのが悔しくて。

「あ？」

真奥《まおう》が何気なく振り向くと、恵美《えみ》はこちらに背を向けたままゆらりと立ち上がり、唐突にパンプスを片方脱いだではないか。

「接着剤」

「は？」

「接着剤、無いの」

白いヒールパンプスを指に下げながら、恵美《えみ》は片足で立って情けない顔で振り向いた。

「今あなたに驚かされたせいで、ヒールが折れたわ。もう、本当最悪よ」

真奥《まおう》は思わず鼻白む。

「接着剤、あったら貸して。応急処置だけしたら、今日は家に帰ってあげるわ」

「お帰りくださるとはありがたいな。靴投げつけられんのかと思ったぜ」

「子供じゃないんだから」

つまらなそうに鼻を鳴らす恵美《えみ》と、それをにやりと笑って見下ろす真奥《まおう》。

真奥《まおう》が顎をしゃくると、恵美《えみ》は靴を片方脱いだまま、共用階段を真奥《まおう》の後について上がっていく。

「確か表札を貼るときに使った奴《やつ》があったはずだ。探してやるから、上がって待ってろ。言っておくが、靴直したら本当に帰れよ」

「表札って、あのかまぼこ板のこと？　まさか木工用とかじゃないでしょうね……」

異世界日本での、魔王と勇者の三度目の邂逅《かいこう》は、そんな気の抜けた会話をヴィラ・ローザ笹《ささ》塚《づか》二〇一号室に収めて終わり、そして。


「あ、あれは、だ、だ、だ、誰？」

真奥《まおう》が落とした携帯電話を届けるために後を追ってきた千穂《ちほ》は、一年の頃から場所こそ聞いていたが初めてやってきた真奥《まおう》のアパートの敷地《しきち》を囲むブロック塀の外側に張りつき、

「ま、ま、真奥《まおう》さんが、き、き、綺麗《きれい》なお姉さんと……な、なんだかよく聞こえなかったけど会話が大人っぽかったような……あの、あのお姉さんは、真奥《まおう》さんの何？」

一人戦慄していた。

そして、

「おや、あれは」

マグロナルドのアルバイトシフトを上がり、朝方に店にやってきた恵美《えみ》を警戒して急ぎ足でアパートへと帰ってきた芦屋《あしや》は、

「確か魔王様のご学友の佐々木千穂《ささきちほ》さんだったたか」

ブロック塀に張りつき戦慄で身を震わせている千穂《ちほ》を発見し、

「なぜ、うちのアパートのブロック塀に張りついて震えているのだろうか」

極めて自然な疑問を浮かべたのだった。

勇者、非常手段に出る

どう見ても、その少女は何がしかのショックを受けているようだった。

佐々木千穂《ささきちほ》は確か、一年次から真奥《まおう》のクラスメイトだったはず。

芦屋《あしや》がマグロナルド幡《はた》ヶ谷《がや》駅前店に勤めるようになってから、真奥《まおう》と千穂《ちほ》、そしてあと二人仲の良いらしい友人と共に、店に食べに来たことがある。

そのときの僅かな会話の中で、大変に礼儀正しいという印象が強かったため、記憶とは打って変わって北欧の有名な絵画『叫び』のような顔をしていてもすぐに分かったのだ。

向こうがこちらを覚えているかどうかは分からないが、状況から言って真奥《まおう》を訪ねてきたのは間違いないので声をかけると、

「あの……」

「ひゃあああああああああああああああああ⁉」

「うわっ⁉」

叫びが実体化して、それがなかなかの音圧だったため芦屋《あしや》は思わず一歩身を引いてしまう。

「あ、あの、決して怪しいものではっ！」

ついでにそんな言い訳まで。

「あ、あっ？　あ……あ！」

四音の「あ」の間に、千穂《ちほ》の中では驚き、羞恥、状況把握、気づきという過程が踏まれ、

「ま、真奥《まおう》さんのお兄さん！」

目の前の人物が、真奥《まおう》の従兄であるという男性だと思い出す。

「良かった、覚えていていただけましたか」

きちんと言葉を交わしたのは随分前、しかも制服を着ている間のことであったため、芦屋《あしや》も少し不安だったのだ。

「うちのアパート……というか、弟に何かご用ですか？　多分もう、帰っているとは思うのですが」

慌てている千穂《ちほ》は、アパートの二階を見上げる『真奥《まおう》の兄』の顔に微《かす》かな不安の影が差していることには気づかなかった。

「あ、そ、その、もう帰ってます！」

「え？　は、はぁ、そうですか」

そして言ってしまってから、自分の発言が極めて不審者然としていると気づいた。

真奥《まおう》に用があって帰っていることが分かっているのにこんな所で何をしているのか、という話になってしまうではないか。

「その、よろしければ上がられますか？　男二人で暮らしているむさくるしい部屋で、なんのおもてなしもできませんが」

「えっ、あっ、そのっ」

真奥《まおう》の暮らしている家に上がることができるという期待と、今真奥《まおう》の部屋にはあの謎の女性がいる、という混乱が千穂《ちほ》の目を回す。

だがなんとか、友達の家族の前ではきちんとしなければ、という理性を働かせ、用向きを簡単に告げようとする。

「あ、あの、その、今、誰かいらっしゃってるみたいですんで、その、また今度……」

そして先ほど真奥《まおう》が落とした携帯電話を手渡せば千穂《ちほ》の用は終わるはずだったのだが、

「誰か……来ているですって⁉」

真奥《まおう》の従兄の顔が、突然険しくなった。

「えっ？」

その表情があまりに真に迫って、ともすれば怒りの形相にすら見えた千穂《ちほ》は、少し身を竦《すく》めて目を丸くする。

だが真奥《まおう》の従兄は、真剣な顔のまま、手に持った買い物袋をその場に取り落とし、千穂《ちほ》の肩を摑《つか》んで尋ねる。

「そ、その人物を見たのですか！」

「え？　ええ……その、ちらっと」

「どんな人間でしたか！」

「え……っと、女の人、でしたけど」

「女っ⁉」

「は、はい。その、後ろ姿しか見えなかったんですけど、髪が長くて背の高い、大学生かＯＬって感じの……」

「っ‼」

その瞬間、真奥《まおう》の従兄は息を呑《の》む。

「申し訳ありませんが、今日はお引き取りを。あと、できれば少しでもこのアパートから離れてください！」

「えっ、あ……」

それだけ言うと、真奥《まおう》の従兄は取り落とした買い物袋を拾うこともせずに千穂《ちほ》をその場に残し、アパートの階段をもの凄《すご》い勢いで駆け上がっていってしまった。

「え？　え？」

千穂《ちほ》が呆然《ぼうぜん》としているとやがて、

「貴様っ！　私の留守を狙って上がり込むとはどういう了見だっ‼」

真奥《まおう》の従兄の罵声が聞こえてきて、千穂《ちほ》は恐る恐る後ずさる。

「許さん！　許さんぞ！　この卑怯《ひきょう》者め！」

その罵声は、千穂《ちほ》の人生で一度も聞いたことの無いほど真実の憎しみと敵愾心《てきがいしん》が込められていた。

自分はもしかしたら、今、真奥《まおう》の家の極めてデリケートな事情に触れてしまう寸前だったのかもしれない。

「か、帰ろう……」

千穂《ちほ》は落ちたままの買い物袋をそっとアパートの敷地《しきち》の中に入れる。

そして後ろ髪を引かれる思いで、しかしまるで怒号に追われるように、顔を青ざめさせて早足に家路を急いだ。

折角届けにきたのに返しそびれてしまった真奥《まおう》の携帯電話を、無意識に握りしめて胸の前に抱える。

まるでそうすることで、真奥《まおう》の心の重さを支えようとするかのように。

大の大人があそこまで憎しみに満ちた大声を出すなど、普通にあることではない。

真奥《まおう》の後に続いてアパートの階段を上がっていった女性は、歓迎すべからざる客だったのだろうか。

会話の内容こそ聞こえなかったが、真奥《まおう》はそれほど女性を警戒していなかった気がする。

となると、あの女性は従兄絡《がら》みの来客だったのだろうか。

だがそうなると、益々《ますます》あの温厚そうな従兄が女性に向かって声を荒げる理由が分からない。

千穂《ちほ》は乏しい知識の中で、色々な想像を巡らせる。

借金取り？　税金の差し押さえ？

宗教の勧誘や、特殊詐欺？

最近テレビでやっていた、実録系ドキュメンタリー番組を思い出すも、どれも微妙に噛《か》み合わない。

そもそも従兄の罵声は、既知の人間に対して浴びせる内容だった。

とすると、

「従兄さんの昔の恋人がストーカー化……？」

それがなんとなく、一番しっくりきそうな気がする。

真奥《まおう》は高校に入学してから従兄の一人暮らしに同居することになったと言っていたし、今思えば、真奥《まおう》もあの女性とはある程度面識がありそうだった。

真奥《まおう》は、従兄とあの女性が別れたことを知らなかった。

女性は別れることに納得せず、従弟である真奥《まおう》を言葉巧みに籠絡《ろうらく》し昔の恋人の家に上がり込んだ……。

そう考えると、真奥《まおう》の従兄のあの罵声も納得がいく。

「なんだか、大変なときに行っちゃったかな」

早足に笹塚《ささづか》駅前まで戻ってきた千穂《ちほ》は、少し肩で息をしながら真奥《まおう》の携帯電話に視線を落とす。

「やっぱり明日、学校で渡せばいいよね」

そう独りごちると、携帯電話を鞄《かばん》の中に入れようとして、

「……」

今、自分の手の中に真奥《まおう》の個人情報があるということに、今頃になって気づく。

高校一年生からの友人付き合いだが、真奥《まおう》には意外と分からないことが多い。

家庭の事情というのは様々だが、やはり特別有名ではない公立高校普通科に通うのに従兄の家に居候《いそうろう》するのは珍しいし、それ以前はどこに住んでいたという話を聞いたことが無い。

スポーツ全般得意ではあるが、国内外のスポーツリーグの話題で盛り上がっているところは見たことが無いし、携帯電話がかなり旧《ふる》い機種であることからスリムフォン絡《がら》みのゲームの話もしない。

学校では千穂《ちほ》や義弥《よしや》や佳織《かおり》以外の生徒達と過ごしていることもあるが、特定の部活動には所属していない。

そんな不思議な男子の謎の一端が今、自分の掌《てのひら》の中にある。

実家の電話番号が登録されているかもしれない。

親しい誰かと、千穂《ちほ》の知らない話題をやりとりしたメールや記録があるかもしれない。

触れたい。

かなり古式ゆかしいデザインの二つ折りの携帯電話を握りしめて固まってしまった千穂《ちほ》だったが、

「あっ」

ぼーっとしていると、いつの間にか目の前の信号が青になっていて、後ろから誰かにぶつかられて少しよろけてしまう。

だが、おかげではっと我に返った。

人の携帯電話を覗《のぞ》き見るなんて、絶対してはいけないことだ。

まして、友人の家庭事情を邪推するなど、普段の千穂《ちほ》なら絶対にありえない。

「……でも」

今度は悩むことなく真奥《まおう》の携帯電話を鞄《かばん》の中にしまい込み、人波に乗って歩き出す。

「……なんでこんなに、気になるんだろう」

千穂《ちほ》は携帯電話を離した掌《てのひら》で自分の胸を押さえ、少しだけ苦く、それでいて甘い何かの正体を考えながら、やがて家に帰りついたのだった。

※

「いきなり大声上げないでよ！　鼓膜破れるかと思ったじゃない！　それに頭にコブができたらどうしてくれるのよ！」

「黙れ！　私の留守中に魔王様を討たんとするなど、不届き千万！」

「あー芦屋《あしや》、俺もビビった。五月蝿《うるさ》い。そんなんじゃないから」

「そんなのよ！　可能ならそうしたいわよ！」

「それ見たことか！」

「お前はどんだけ眠くても空気は読め。ややこしくなんだろ」

千穂《ちほ》が逃げるように去っていったヴィラ・ローザ笹塚《ささづか》では、ヒールの折れた靴を玄関で修理していた恵美《えみ》が、突然飛び込んできた芦屋《あしや》に驚いてのけぞり後頭部を畳にぶつけたことに対し抗議していた。

「な？　芦屋《あしや》、落ち着いてくれ。最初の思惑はどうあれ、こいつ俺達が逃げたり悪さしたりしねぇかどうか不安で昨夜徹夜して、今日も家に帰ってねぇから眠さがピーク越えて、階段の下で眠りこけてただけなんだ」

「言うなっ‼」

「うおっ！　危ねぇ！」

真奥《まおう》が嘘偽《うそ》りない真実を告げると、恵美《えみ》は顔を真っ赤にしながら、今接着剤で修理したばかりのヒールの片方を真奥《まおう》に向かって投げつけ、

「ちょっと！　また折れたじゃない！」

そんな理不尽な抗議も一緒に叩《たた》きつける。

「そんで、俺が起こしたらビビってこけて、ヒールを折って今修理してるってとこ」

「……」

芦屋《あしや》は悪鬼羅刹《あつきらせつ》のような顔で恵美《えみ》を睨《にら》み据えるが、恵美《えみ》の方も負けてはいない。

「言っておきますけどね、今は私が目こぼししてるから命が長らえているってこと、忘れないでよ。やろうと思えばいつだってあなた達の命を刈り取るのはワケないんだから」

朝と同じようなことを言う恵美《えみ》を、芦屋《あしや》は鼻で笑う。

「はん、やってみろ。だがここで我らが死ねば、貴様はこの国の官憲に追われる身となる。貴様がこのアパートに来たと証言する目撃者がいるのだ」

「……何よ、目撃者って」

「目撃者っていう意味なら、俺が帰ってくるまでにアパートの前通った奴《やつ》は大体こいつが寝こけてるの見てると思う……あぶねっ！」

今度はヒールが折れていない方の靴まで投げようとするので、真奥《まおう》は慌てて恵美《えみ》の射線から逃げる。

「ふん、魔王様のご学友が、貴様がこのアパートに入るところを見ていらっしゃるのだ」

「ん？　俺の友達？　誰だ？」

恵美《えみ》よりも真奥《まおう》の方が、誰かが訪ねてくる予定が無かったため驚いている様子だ。

「はい。佐々木千穂《ささきちほ》さんと仰《おつしや》る、確か弓道部に所属しているという方です」

「ちーちゃんが？　今外にいるのか？」

真奥《まおう》は驚いて窓から外を眺めるが、少なくとも見える範囲に千穂《ちほ》の姿は無かった。

「いえ、エミリアがどんな非道でむごたらしいことをしているか分かりませんでしたので、お引き取りいただきました」

「私をなんだと思ってるのよ……」

日中、仕事中に少しだけそういった想像をしてしまった恵美《えみ》は決まり悪そうに呟《つぶや》き、

「なんだろう。さっき駅前で別れたばっかりなのに。メールとかじゃ駄目な用だったの……ん⁉」

真奥《まおう》は言いながらズボンのポケットに手を突っ込むが、

「あれ⁉　携帯が！」

このとき初めて、携帯電話があるべき場所に無いことに気づく。

「あれ？　あ、あれ⁉」

「どうしたのですか魔王様？」

「いや、携帯がな？　さっきちーちゃんと別れるまであったんだが、あれ？　俺このポケットに……鞄《かばん》か？」

「よく探してください。この前もそう言ってトイレの棚に置きっぱなしでしたし」

「いや、帰ってきてからトイレには入ってなくて、あれー……どこだ？」

「鞄《かばん》の中をもう一度よく探してください。おいエミリアどけ。……玄関には無さそうですね」

「……」

エミリアは、自分を放置して携帯電話を探しはじめる悪魔二人を、どこか釈然としない様子で眺めていた。

確かに、今朝までの自分の態度を考えれば、芦屋《あしや》に魔王暗殺を疑われ糾弾されるのはむしろ自然である。

自分は勇者で、世界を危機に陥《おとしい》れた魔王を討ちに来るのは当然のことなのだから、彼らにとって勇者襲来は常に大問題なはずだ。

それなのに今、自分の存在は真奥《まおう》が紛失した携帯電話に負けている。

心のどこかで、こうしている間にも真奥《まおう》と芦屋《あしや》が自分を出し抜き攻撃するか逃げるかしようとしているのだと思いたかった。だが目の前の真奥《まおう》の慌てようが、ドコデモでの仕事で日頃接する携帯紛失の案件とあまりに一致するため、恵美《えみ》は脱力して、心の中で今日は家に帰って寝ようと固く決意する。

「……電話かけてみればいいじゃない」

「は？」

「何？」

真奥《まおう》と芦屋《あしや》が動きを止めてこちらを見る。

「あなたの携帯に電話かけてみればいいでしょ。手近にあれば着信音かバイブ音がするだろうし、何も聞こえなければどこかで落としたのよ」

「「……」」

真奥《まおう》と芦屋《あしや》はしばし顔を見合わせるが、肩を落として首を横に振る。

「それができれば苦労ねぇよ」

「え？」

「電話が無いのに、どうやってかけろというのだ」

「電話が無いって……アルシエル、あなた、携帯電話持ってないの？」

「逆に何故《なぜ》持っていると思うのだ」

「何故《なぜ》……って」

問われて恵美《えみ》は言葉に詰まる。

恵美《えみ》は今朝、芦屋《あしや》が人間に紛れて仕事をしている姿を見ている。

それがどのような雇用形態なのかは知らないが、この部屋に備えつけの電話が見当たらない以上、店や同僚との連絡には携帯電話が不可欠のはずだ。

「だって、あなた仕事してるんでしょう？」

「だからどうした」

「だから、携帯……」

「私はほぼ毎日出勤している。一度出勤してしまえば、あとはそのまま店で働くのだから携帯電話など使うことはない」

「そ、それはそうだけど」

「そして、私が出勤する時間帯、魔王様は学校にいて、私の退勤より早く授業が終わり、私より早く部屋に帰ってくる。言ってみろ、この場合、緊急連絡が必要なのは私と魔王様とどちらなのか」

「魔王、よね」

言わんとすることがまだ摑《つか》めない恵美《えみ》に、真奥《まおう》が易しい解説を入れた。

「俺達、二人で一つの携帯共有してるんだ。昼間は俺が持ってて万が一のときには店に連絡する。夕方から夜は部屋に置いておくか、芦屋《あしや》が出かけるときに持ち歩いてる」

「……ええ」

恵美《えみ》は思わずうめく。

今時、というのは異世界からやってきた勇者として言っていい言葉なのかは分からないが、とにかく今時それでやっていけるのだろうか。

「あ、アルシエルが持ち歩いてるときに、魔王の学校の友達から電話とかメールが来たりしたらどうするの？」

「私が持ち歩いている最中にご学友から電話が来た場合は出なければいいだけだ。どうせ私の外出は長くても一時間だ。帰ってきてから魔王様に折り返していただけば、さっきは着信に気がつかなかったとでも言えば済む」

「メールはそれぞれフォルダ分けされてるからな。とはいえ、芦屋《あしや》の受信フォルダにメールが来てるのほとんど見たこと無いけど」

「誰にもメールアドレスは教えていませんからね。同僚と仲が悪いわけではありませんが、最近はスリムフォンでメールとはまた違う通信手段が流行《はや》っていて、私には入り込む余地が無いのです。毎日出勤していますから、話したいことがあれば直接物を言えばいいわけですし」

「……いいんだ、それで」

確かに、皆が持っているからといって絶対に持たなければならないものではないが、それならせめて家に固定電話は必要なのではないだろうか。

「……ん、まぁ俺も、お前の言いたいことはなんとなく分かる」

これに関しては真奥《まおう》も何か言いたいことがあるようだが、家計を握っているのが仕事をしている芦屋《あしや》である以上、強く出られないようだ。

「とにかく、魔王様が携帯をもし外で紛失されたのなら、迅速に対応せねばならんのだ。そういうわけだから、用が無いのなら帰れ」

「……」

恵美《えみ》は眉を顰《しか》めながら、先ほど真奥《まおう》に投げつけた靴を部屋の隅から回収する。

意外としっかり接着されていて乱暴な扱いにも耐えたヒールを眺めながら、小さくため息をついて自分のバッグからスリムフォンを取り出した。

「番号」

「……へ？」

真奥《まおう》は、恵美《えみ》の意図が分からず目で問う。

一方の恵美《えみ》は、少し疲れたような顔で真奥《まおう》を睨《にら》んだ。

「電話かけてあげるって言ってるの。番号、言いなさいよ」

「……え、い、いいのか」

「鳴らすくらいならいいわよ。万一外で誰かが拾って出ても、通話無料分から出たりしないし」

「そ、それじゃあ……」

真奥《まおう》は暗記している携帯の番号を告げようとして、芦屋《あしや》がそれを止める。

「お待ちください魔王様！　エミリアに個人情報を教えるのはいかがなものかと思いますが」

「家まで押しかけられてるのに今更電話番号くらいなんてことないだろ」

「早朝や深夜にいたずら電話で嫌がらせされるかもしれません」

「……嫌なら別にいいんだけど」

あんまりな言われようにスリムフォンをしまおうとすると、

「お、おい！　悪かった！　頼む！　鳴らしてくれ！」

真奥《まおう》が慌てたように頭を下げる。

こんな簡単なことで魔王が頭を下げるのか、と少し情けなくなる恵美《えみ》だったが、このまま二人が携帯電話を探して右往左往している姿を見るのは、色々な意味で悲しくなってきてしまう。

恵美《えみ》は真奥《まおう》が言った番号を入力して発信すると、

「……鳴ってるわよ」

コール音がしたので、それを二人に伝える。

真奥《まおう》と芦屋《あしや》は耳を澄ますが、室内から携帯電話の音らしきものは聞こえない。

「やっぱ外か……」

真奥《まおう》が悔しさをにじませてうめく。

こうなってしまうと携帯電話が戻ってくるかは運次第である。

最近では高品質の機種が戻ってくる確率が下降傾向にあるが、真奥《まおう》の携帯電話はどんな機種なのだろうか。

この暮らしぶりなら、そこまで高級な機種ではないと思うが。

と、そう思っていたときだった。

「あっ」

恵美《えみ》が声を上げる。

誰かが、電話に出たのだ。

「誰か出たわ……もしもし？」

「何っ？」

恵美《えみ》の言葉に真奥《まおう》の顔がぱっと明るくなる。

「貸してくれ。拾ってくれた人と話がしたい」

そう言って手を出してくるが、恵美《えみ》はなんとなく自分のスリムフォンを真奥《まおう》の耳に当てられたくなかったため、

「もしもし、その携帯電話の持ち主が近くにいるんですが、拾われた方ですか？」

真奥《まおう》を目だけで牽制《けんせい》して、電話に出た相手と会話しようとする。

『……ぁ』

電話の向こうの人物は、少し戸惑っているようだ。

だが漏れ聞こえてきた息は、女性のものであることが分かる。

「もしもし。拾っていただいて、ありがとうございます。大変恐れ入りますが、拾われた場所か、今いらっしゃる場所のお近くに交番がありましたら、その携帯電話を届けていただけませんでしょうか」

『あの……ぇ……っと』

真奥《まおう》の携帯を拾ったのは、若い女性らしい。

恵美《えみ》の事務的な声を聞いても戸惑いが収まらないようだ。

だがそれも想定内であったため、恵美《えみ》は用意していた言葉を続ける。

「ご面倒でしたら、交番では拾得者の個人情報は必ずしも告げなければいけないものではあり

ませんので、お手数ですが届けていただけませんでしょうか」

携帯電話を拾ったはいいが、落とし主との接触を嫌がる拾得者はかなり多い。

当世携帯電話は個人情報の塊であり、いらぬ疑いをかけられたくない、という思いが先に立つようだ。

恵美《えみ》は拾得者側からの問い合わせを受けたことが何度かあり、その度に最寄りの交番に届けて頂けるようお願いすることと、落とし主との接触はしたくなければしなくていいということを必ず告げている。

『は、はい、あの、お聞きしたいんですが』

すると、向こうも少し警戒レベルを下げたのか、はっきり声が聞こえてきた。

「はい、なんでしょう」

だが、次の一言はさすがに携帯電話会社のコールセンターに勤める恵美《えみ》も予想外のものであった。

『この携帯電話の持ち主……真奥貞夫《まおうさだお》さん、そばにいるんですか？』

「えっ？」

恵美《えみ》は思わず真奥《まおう》を凝視し、携帯電話を指差しながら、拾得者が真奥《まおう》を知っている人間であることを身振り手振りで伝える。

「は、はい、おります、が、その……」

『代わっていただいていいですか？』

「……かしこまりました」

つい仕事モードになり、相手の要求とあっては仕方ないため、恵美《えみ》は諦めて真奥《まおう》にスリムフォンを差し出す。

真奥《まおう》は怪訝《けげん》な顔をしつつも持ち慣れないスリムフォンを耳に当て、

「もしもし、その携帯の持ち主の真奥《まおう》で……え？　ああ！　なんだちーちゃん！」

通話している人物の意外な正体に驚きつつも笑顔になる。

「びっくりしたー！　え？　じゃあさっきちーちゃんと別れたときに落としたのか。マジか！　全然気づかなかった。良かったー！　あー寿命縮んだけど、マジ助かったわ。え？　あー……まぁもう外暗いし、明日学校に持ってきてもらえる？　うん。うん、分かった。よろしくな。本当拾ってくれてありがとう！」

真奥《まおう》の明るい様子から、どうやら通話の相手は学校の友人のようだ。

大方別《わか》れ際《ぎわ》に鞄《かばん》かポケットに入れたつもりになって、その場に落としたのだろう。

「……それじゃあまた明日……え？」

短い通話が終わろうとした瞬間、真奥《まおう》の言葉が少し途切れ、横目で恵美《えみ》を見た。

「あー……なんて言えばいいか、昔の知り合い。たまたまうちに来ててさ。電話失《な》くしたって慌ててたら、かけてくれたんだ。ああ、まぁそんな感じ。うん。はい、それじゃ……サンキュ、助かったわ」

真奥《まおう》は通話の切れたスリムフォンを恵美《えみ》に返す。

恵美《えみ》は後で念入りに画面を掃除しようと心に決めながら頷《うなず》いた。

「知り合いが拾ってくれてたのは不幸中の幸いね」

「まぁな。ってか、芦屋《あしや》、さっきちーちゃん来てたって言ってたろ。もしかしたら、携帯届けに来てくれてたんじゃねぇのか？」

「ああ。そうかもしれません。だとしたら申し訳ないことをしてしまいました。まったく、エミリアさえ来なければこんなことには」

「何よ。私のせいだって言うの！」

いちいち恵美《えみ》につっかかる芦屋《あしや》と、それを真正面から受ける恵美《えみ》。

「まあまあ、結果良ければ全て良しだ。俺は死んでないし、恵美《えみ》のおかげで携帯がどこにあるかも分かった。それでいいだろ？　な？」

「……魔王様がそう仰《おっしゃ》るのなら……」

「とんだ言いがかりだわ」

「ともかく恵美《えみ》、これで分かったろ。俺、逃げたりしねぇし、人間の女の子が、俺の落とした携帯電話拾って届けてくれるくらいには人間と仲良く過ごしてるんだし、頼むから今日は家に帰って寝ろ。な？　芦屋《あしや》も、これ以上あんま恵美《えみ》を刺激すんな」

「……承知いたしました」

芦屋《あしや》は不承不承といった様子で頷《うなず》き、恵美《えみ》はようやく直ったヒールの具合を確かめながら立ち上がり、ショルダーバッグを肩にかける。

「言われなくてもこれから帰って寝るわよ。でも今夜から枕を高くして眠れる夜は無いと思うことね。私の聖剣は、いつでもあなた達の命を狙っているのを忘れないで」

「分かった分かった。もうお前眠気ヤバくて今自分がどれだけ訳分かんねぇこと言ってるか分かってないだろ」

「……とにかく帰る！　大人しくしてなさいよ‼」

言うが早いか恵美《えみ》は叩《たた》きつけるようにして玄関のドアを閉じて出ていってしまった。

そして三秒後、

「いやあああああああああああ⁉」

何かが派手に共用階段を転がり落ちる音がして、真奥《まおう》と芦屋《あしや》は身を竦《すく》ませたのだった。


一方、千穂《ちほ》はというと。

「一体……どういうことなの？」

自宅の自室で、真奥《まおう》の携帯電話を手にしたまま凝固していた。

突然真奥《まおう》の携帯に、電話がかかってきた。

もしかしたら、携帯を紛失したことに気づいた真奥《まおう》の従兄がかけてきたのかもしれないと思い躊躇《ためら》いながらも着信を取ると、なぜか飛び出てきたのは若い女性の声。

あのとき見た女性なのだろうか。

千穂《ちほ》の背筋が寒くなる。

滑らかだが、どこか事務的な言葉遣いには冷たさすら感じられ、そこにあの、本物の憎しみがこもった罵声の記憶が重なる。

一体、真奥《まおう》の家で何が起こっているのだろう。

あの女性は何者なのだ。

もしかしたら真奥《まおう》は、とても厄介な状況にあるのかもしれない。

「借金取り……宗教……差し押さえ……ストーカー」

再び悪い想像ばかりが頭に渦巻く。

後から代わった真奥《まおう》の口調には一切暗い雰囲気は無かったが、真奥《まおう》の性格を考えると何かあっても人にそれを悟らせないような気もする。

人の家の問題に首を突っ込むべきではない。

それは分かっている。

でも、

「何があったのか、話してくれるかな……」

千穂《ちほ》は不安げな面持ちで、机の上に置かれた真奥《まおう》の携帯電話を撫《な》でたのだった。

※

絶対何かあった。

千穂《ちほ》の予感は確信に変わった。

朝のいつもの待ち合わせ場所に集まった千穂《ちほ》、義弥《よしや》、そして佳織《かおり》は、現れた真奥《まおう》の顔に釘付《くぎづ》けになっていた。

「ま、真奥《まおう》さん⁉ その顔……！」

千穂《ちほ》が目をいっぱいに見開き、

「あれまぁ……」

佳織《かおり》はどう反応していいか困った様子。

「何、兄貴と喧嘩《けんか》でもしたのか？」

義弥《よしや》だけはあまり動揺していないが、それでも尋ね方は恐る恐るだった。

当の真奥《まおう》はといえば……。

「いや……昨夜ちょっと色々あって……」

そんな歯切れの悪い返事をするばかり。

義弥《よしや》が喧嘩《けんか》と評したのも仕方ない。

何せ真奥《まおう》が右の頬に、巨大なガーゼ絆創膏《ばんそうこう》を貼りつけてやってきたのだから。

「腫れてんのか？」

「いや……切り傷の類《たぐい》。もう痛くはないんだけど、結構でっかくて」

「ほっぺに切り傷とか、日常じゃなかなか無いわよね」

義弥《よしや》と佳織《かおり》がそれぞれに心配するが、千穂《ちほ》は顔面蒼白《そうはく》であった。

これまで、スポーツに熱中しすぎて転倒したり誰かとぶつかったりして肘や顔を怪我《けが》しているところは見たことがあるが、前日何も無かったのに翌日怪我《けが》をしてくる、といったことは一度も無い。

どう考えても、あの謎の女性が関係しているとしか思えない。

「そういやちーちゃん」

「は、はい……」

「悪いな。何か昨日、来てくれたのに兄貴が追い返したんだって？」

「い、いえ、追い返されたわけじゃ……ただ、今は都合が悪いみたいな感じでしたから……」

本当は全く違うのだが、千穂《ちほ》の口からはそうとしか言えない。

「あの、とにかくこれ、どうぞ」

「おう、さんきゅ」

千穂《ちほ》が差し出す携帯電話を、真奥《まおう》は軽く手刀を切ってから受け取る。

「メールとか電話とか来てた？」

「い、いえ……」

千穂《ちほ》は首を横に振ってから、ふと思いついて言ってみた。

「あのときの電話以外は、別に」

カマかけというにはあまりに稚拙なカマかけ。

だが、その効果は覿面《てきめん》であった。

「ああ、ビビったろ。いきなり女がかけてきたから」

「っ⁉」

「女っ⁉」

なぜか義弥《よしや》が激しく反応しているが、千穂《ちほ》もそんなに簡単にそのワードが出てくるとは思いもしなかったため、二の句が継げなくなってしまう。

「うち、この一台しか電話ないからさ。失《な》くしたって気づいたときに、たまたま来てた古い知り合いに頼んだんだ」

「そ……うだったんですか」

「ああ。なんか携帯電話絡《がら》みの仕事してるらしくてさ。変にこなれてたろ？」

確かに、女性の声はどこかのオペレーターかと思うくらい明瞭で聞き取りやすい声だった。

「おい貞夫《さだお》！　古い知り合いの女ってどういうことなんだよ」

一方義弥《よしや》は妙に女性という部分にだけ食いついてくるが、真奥《まおう》はそれをさらりと受け流す。

「東京《とうきょう》に出てくる前の知り合いだよ。俺と兄貴揃《そろ》って、昔世話になった相手でな」

「えー、何それつまんない！」

「つまんないって何がだよ佳織《かおり》」

「もっとこう、ささちーが泣き崩れるようなドロッドロな関係の人とかにしときなよ」

「な、か、かお、なんで私が泣き崩れるの!?」

「それは自分の立派な胸に聞け」

「ちょ……っ！」

「まぁとにかくだ、義弥《よしや》や佳織《かおり》が想像するような心躍る相手ではまーったくないから。本当にたまたま訪ねてきただけ。おかげでちーちゃんが携帯拾ってくれてるって気づいたわけだしな。兄貴が、昨日は失礼なことしてすいませんって謝っといてくれって」

「い、いえ、それは別に……」

「ん？　じゃあささちー、昨夜一晩、貞夫《さだお》の携帯持ってたわけ？」

「え？　う、うん、そうだけど」

その問いに、佳織《かおり》はにんまりと笑みを浮かべると、千穂《ちほ》を引っ張って少し真奥《まおう》と義弥《よしや》から距離を取る。

「それで？　どうだったんだね？　何か気になるメールとか、電話帳の連絡先とか無かったの？」

「えっ⁉　そ、そんなの見るわけないじゃん！」

千穂《ちほ》は心外という様子で驚きの声を上げるが、佳織《かおり》にしてみれば、

「そこは見とけばいいのに。まぁ、それがささちーの良いところではあるんだけど」

「なんなの？」

「ううん、なんでも。まぁあの貞夫《さだお》に限って、ささちーがやきもきするようなものが携帯に入ってるようなことも無いわね」

「だからどうして私がやきもきするのっ‼」

千穂《ちほ》は顔を真っ赤にして鞄《かばん》で佳織《かおり》を叩《たた》く真似《まね》をするが、どうも佳織《かおり》は、千穂《ちほ》の心中を察している気配がして何ともやりにくい。

ただそれ以上にやりにくいのは、思いのほか真奥《まおう》があっさりとあの女性のことを口にしたせいで、逆にこれ以上詳しい話を聞き出すのが難しくなったという状況。

真奥《まおう》の口から、件《くだん》の女性に関しての情報がある程度語られてしまい、しかもその内容は世間話としては十分詳しいものだった。

だから、それ以上聞けば余計な探り以外の何物でもなく、もしあの女性が真奥《まおう》の家族にとっ

てごく普通の間柄の人物であった場合、千穂《ちほ》は痛くもない腹を探りまわる不躾《ぶしつけ》な人間になってしまう。

「……」

千穂《ちほ》はふと振り返り、いつもと変わらぬ様子で義弥《よしや》と益体の無い話をしている真奥《まおう》を見て、深いため息をついたのだった。

だが、再び探りを入れる機会は思いのほか早くやってきた。

いつものように佳織《かおり》と二人でお弁当を食べ終わると、昼休みが始まると同時に教室から飛び出していった真奥《まおう》が、何やら浮かない顔色でとぼとぼと教室に入ってきたのだ。

「真奥《まおう》さん？　どうしたんですか？」

「ん？　ああ、ちょっとしくじった」

「え？」

「実は今日、弁当なくてさ」

昨日色々あって、というセリフを真奥《まおう》が呑《の》み込《こ》んだように見えたのは、千穂《ちほ》の心がいらぬ猜《さい》疑心《ぎしん》に満ちているからだろうか。

「珍しい。それで何？　まさか学食の食券取れなかったとか？」

佳織《かおり》が茶化すように言うが、真奥《まおう》からはより暗い感情が溢《あふ》れ出してきた。

「え？　マジ？」

「初めてだったから、朝から食券買えるって知らなくて……」

要するに、真奥《まおう》は昼食を食べ損ねたらしい。

笹幡北《ささはたきた》高校の学食は外部業者により運営され、券売機で食券を買うシステムになっている。

食券は登校してすぐに買えるようになっており、ボリュームが多い人気のメニューは、概《おおむ》ね部活の朝練をしている連中が買い占めてしまう。

だがそれでも、ラーメンやかけうどんなどのノーマルグレードのメニューは多少出遅れても買えるはずなのだが、今日に限ってはそうもいかない事情があった。

「そっか。米屋《よねや》パン来てないんだもんね。普段米屋《よねや》パン使ってる子達の波に負けたのか」

真奥《まおう》が恵美《えみ》と再会するきっかけになった改造車の暴走事故。

米屋《よねや》パン店の移動販売車はあの改造車に接触して路肩に激突し、廃車になってしまったのだ。

米屋《よねや》パン店の笹幡北《ささはたきた》高校に占める昼食提供率は、失われて初めてその大きさを学校に知らしめた形となってしまっており、未《いま》だ有効な対策は打たれていない。

「てか、普段なら弁当無いときは米屋《よねや》で買うから、二重にやられた感がな……」

がっくり肩を落として席に座る真奥《まおう》。

千穂《ちほ》は食べ終わった弁当箱を片付けると、真奥《まおう》のそばに行く。

なお、佳織《かおり》はにやにやしながら二人から離れるようにして自分の席に戻った。

「コンビニじゃ駄目ですか？　今から行けば、ぎりぎり間に合うんじゃ……」

普段なら、朝登校したら放課後までは学校敷地《しきち》内から生徒が出ることは無いし、基本的には許されていないのだが、今は件《くだん》の米屋《よねや》パン店が来ないため、特例でコンビニでの買い物が認められている。

だが、真奥《まおう》はその提案にも浮かない顔。

「いやあ、ちょっと今日は必要なければ、学校から出たくないんだよ」

昼食を調達するのはかなり必要なことだと思うのだが、とにかく普段の真奥《まおう》なら、千穂《ちほ》が提案するまでもなく、聞いてもいない懐《ふところ》事情などを会話に織り交ぜつつ、現時点でコンビニに行って帰ってきていてもいいはずだ。

やはり今日の真奥《まおう》は、どこか妙だ。

一つ一つの齟齬《そご》に理由をつけられなくはないが、それが一気に訪れているとなると話は別だ。

そうなると、思い出されるのはやはり昨日の謎の罵声と、あの女性の存在である。

真奥《まおう》は『昔世話になった知り合い』などと言っていたが、あの従兄の怒号は断じて世話になった相手に向けたものではない。

やはり真奥《まおう》は今、何か重大なトラブルを抱えている。

「あの、真奥《まおう》さん……」

「ん？」

気がつけば、口を突いて言葉が出ていた。

「何か困ったことがあったら……あんまり力にはなれないかもですけど、相談してくださいね」

「ちーちゃん？」

「その、もし何か、辛いこととかあったなら、話すだけでも、気分が晴れるかなって……む、無理にとは言わないんですけど」

自分は何を言っているのだろう。

デリケートな部分には極力触れまいとする心が、どんどん自分の言葉を本来言いたいことから遠ざけてしまう。

「ああ。そうだな。ありがとう。そう言ってもらえると助かる」

「そ、そうですか？」

「ああ」

真奥《まおう》は空腹で元気こそ無いが、それでも笑顔を浮かべて頷《うなず》くと、思いがけないことを言い出した。

「ちーちゃんさ、近々放課後暇な日ある？」

「放課後ですか？　今日は部活無いんで暇ですけど」

「そっか、ちょっと一緒に行ってもらいたい場所があるんだけど」

「へっ⁉」

千穂《ちほ》は思わず、頓狂な声を上げてしまう。

「そんな遅くはならない予定なんだけど、俺一人で行くよりちーちゃんと一緒に行った方がいい気がして」

「わ、は、へ？　ふ、二人でですか？」

「ああ。無理なら別にだい……」

「無理じゃないですっ！」

気がつけば、かなり食い気味に千穂《ちほ》はそう答えていた。

「そ、そうか。でさ、実は本題はその目的地に行った後のことで……良かったら、ちーちゃんの力を借りたい」

「私に出来ることならなんでも！」

「良かった。ありがとな。ちーちゃんが一緒にいてくれんなら心強い」

真奥《まおう》の表情に明るさが戻った。

それだけでも、千穂《ちほ》が声をかけた甲斐《かい》があったというものだ。

もちろん今真奥《まおう》を憂慮させる何かを取り除けたわけではないが、真奥《まおう》の力になれるということで心が浮き立つのが分かる。

「……分かりやすいこと」

そんな千穂《ちほ》の様子を、少し離れた場所から母親の如《ごと》く穏やかな瞳で眺める佳織《かおり》は、小さく微《ほほ》笑《え》んだ。

「とはいえ、そろそろ昼休み終わるけど、貞夫《さだお》はお昼諦めたのかな」

教室の時計は、無情にも間もなく五時間目の授業が始まる時間であることを告げていたのだった。

※

恵美《えみ》は日の高い真昼に、永福町《えいふくちょう》の自宅、アーバンハイツ永福町《えいふくちょう》五〇一号室のベッドで目を覚ました。

「……自分の家よね」

まだぼんやりしている頭で周囲を見回すと、床には寝る前に脱ぎ散らかしたらしい昨日の服がぐしゃぐしゃになって放り出されていた。

「……最悪の二日間だったわ」

痺《しび》れた頭を支えながら、恵美《えみ》はベッドからのそりと立ち上がる。

今日が休みでなければ、仕事の途中で倒れていたかもしれない。

何せ一年追い続けた魔王を発見してからの丸二日、家に帰らず徹夜したのだ。

「だからって……まさかあんなことに」

疲労も精神力もとうに限界を超えていた恵美《えみ》は、ヴィラ・ローザ笹塚《ささづか》の共用階段で足を滑らせて転落し、そのまま気絶してしまったのである。

勇者たる恵美《えみ》がその程度の衝撃で気を失うなど考えられないことだが、それでも気絶してしまったのは、それほど色々限界だったということだろう。

悲鳴を上げて階段から恵美《えみ》が転がり落ちたのに気づいた真奥《まおう》と芦屋《あしや》は、部屋から飛び出して階段の一番下で倒れている恵美《えみ》を見つける。

それだけなら良かったのだが、恵美《えみ》が起き上がってくる気配が無い。

まさか打ちどころが悪かったかと心配になって真奥《まおう》と芦屋《あしや》がそろそろと下りて行くと、なんと寝息を立てて眠り込んでしまっている。

まだアパートの前の道も人通りが多い夕方のこと。

まさかそのまま転がしておくわけにもいかず、仕方なく二人で恵美《えみ》を担《かつ》ぎ上げるがそれでも起きない。

大怪我《けが》こそしていないようだったが、砂埃《すなぼこり》だらけで、転落中にどこかにぶつけたのか額に小さな切り傷があり、せめて額の傷だけでも武士の情けで絆創膏《ばんそうこう》を貼ってやるかと真奥《まおう》が取り出したのが液体消毒薬。

これが良くなかったのだ。

真奥《まおう》曰《いわ》く、一応女性の体だから触れないように注意していたというのだが、そのせいでおっかなびっくりになった手先から消毒液の滴が落ちて、それが恵美《えみ》の瞼《まぶた》の上に落ちたのだ。

そして消毒液は、不幸なことに瞼《まぶた》の内側に入り込んでしまい、

「〜〜〜〜!!」

担《かつ》ぎ上《あ》げられても目覚めなかった恵美《えみ》は、声なき悲鳴と共に飛び起きた。

その際、跳ね上がった手が真奥《まおう》の顔にひっかかり、爪で大きく彼の頬にひっかき傷を作ってしまう。

「な、な、な、何するのよ!!」

「色々言いたいがお前こそ何すんだこの恩知らずが!!」

ざっくり削れた真奥《まおう》の頬にはうっすら血がにじみ、自分は全身砂埃《すなぼこり》だらけ。

目が妙に染《し》みるが、よく見れば真奥《まおう》の手にあるのは恵美《えみ》も薬箱の中に入れている傷の消毒薬。

「わ、私、あれ?」

「あれ!　ではない!　勇者ともあろうものが階段で足を踏み外して滑落とはっ!!」

「えっ!!」

真奥《まおう》の隣でこれまでにも増して怒りの形相を見せる芦屋《あしや》の言葉に、恵美《えみ》は顔が強張《こわば》る。

「その上さらし者になっては気の毒という魔王様のお慈悲をこんな仇《あだ》で返すとは!」

「あ、そ、その」

「あーいて……ヒリヒリする」

真奥《まおう》は恵美《えみ》に引っ掛かれた頬を指で触れてまたすぐに離す。

「まぁとにかく、目は覚めたようだな」

「う、うん……」

「いいな。今度こそ帰れ。大人しく帰れ。さっさと帰れ。あと、来るなとは言わん」

「言わないんだ」

「言わないんですか！」

「だが、俺の生活を騒がせるな」

思わず突っ込む恵美《えみ》と芦屋《あしや》だったが、最後の一言には、重みと真剣みがあった。

普段の恵美《えみ》ならば、人間世界の平和な生活を脅《おびや》かした魔王が何を、と言いたいところだったが、真奥《まおう》が言うのはそれとは全く異なる次元の問題のようだ。

「俺も芦屋《あしや》も、貧乏とは別に、ここを離れられない理由がある。離れちゃいけないってはっきり強制されてるわけじゃないが、そうするのは得策じゃないと俺達は思ってる。俺はこの部屋に住んでいる限り、お前の想像するようなことはしない。だから、帰れ。そんで、俺や芦屋《あしや》を警戒するなら、目立たないように、俺達に気づかれないようにやれ。いいな」

「……わ、分かったわよ」

自分の不明を助けられた上に、見張るならきちんとやれと説教されてしまう。

だが、屈辱的なのに、不思議と素直に聞けてしまった。

それが睡眠不足で朦朧《もうろう》としている頭がそう思わせた幻聴なのか、それとも本当に真奥《まおう》の言葉にそれだけの真実味があったのかは分からない。

結果的に恵美《えみ》は素直に承諾し、ウェットティッシュを借りて顔の埃《ほこり》だけ落とした後に家路につき、帰宅してから気絶も同然に安息の眠りに落ちたのだった。

「ちょっと、寝すぎたかな」

軋《きし》む関節をほぐしながら、恵美《えみ》はまずバスルームに飛び込みシャワーを浴びた。

何せ二日間の徹夜に化粧も落とさず爆睡である。

およそ、日本の標準的ＯＬのやって良いことではない。

「……」

熱いお湯が疲労の残滓《ざんし》を振り落とすのを感じながら、恵美《えみ》は昨日の真奥《まおう》の言葉を思い出す。

誰が信じるものか。

一瞬、そう思ったことは確かだ。

だが、彼らがこの日本に現れて一年以上、この世界ではあの二人が起こしたと思《おぼ》しき事件事故は発生していない。

それほど長く観察できたわけではないが、同じ学校の友人と思われる少年少女達との友誼《ゆうぎ》も本物のようだった。

「あれは……まぁ、違うわよね。どっちかといえば被害者側だし」

恵美《えみ》は、真奥《まおう》があわや被害者になりかけた交通事故を思い出す。

「助けなきゃ良かった。死ねば良かったのに」

後からならなんとでも言えるが、あの時点の恵美《えみ》には、命の危機に瀕《ひん》する学生服の少年を助けないという選択肢は無かったのだ。

「……！」

そのときだった。

ちょっとした閃《ひらめ》きが恵美《えみ》の脳裏に去来した。

悪さをしないという言葉は今だけ最低限信じるにしても、やはり長期間にわたって目を離すのは得策ではない。

だが、あんなみっともない真似《まね》をした挙句、説教に素直に頷《うなず》いてしまった以上、まさか毎日あのアパートに通い詰めるわけにもいかないし、行ったところで芦屋《あしや》はマグロナルド、真奥《まおう》は学校にいるのだから意味が無い。

ならば、一体どのようにして彼らの視界に入ることなく彼らを見張れば良いか。

恵美《えみ》はシャワーを出て急いで体の滴を拭き取り下着を着けると、玄関に放置されていたショルダーバッグを開く。

手帳に書いたシフトを確認し、ある決心を固める。

「もちろんそれが可能なら……って条件はあるにしろ、他に手は無いわよね」

そして手の指を折りながらなんらかの数を数えはじめ、それが『17』のところで止まる。

「この部分では問題ない。となると後は……」

恵美《えみ》は次に二日間の徹夜でとっくに電池切れしているスリムフォンに充電ケーブルを挿し込み、あるワードを検索する。

「でも無理かな。最近セキュリティとか厳しいって聞く………結構あるのね」

予想に反してたくさん出てきた検索結果にうめいた。

「近いところが二件。行ってみる価値はありそうね」

気を取り直して、描いた作戦に必要なものを調達するために、さっと立ち上がると、

「……髪乾かそ」

昨日吹きっさらしで寝落ちたせいで、なんとなく風邪気味な気がする恵美《えみ》は、まずは髪を乾かし服を着るべく、洗面所に戻ったのだった。

※

放課後、千穂《ちほ》は校内で真奥《まおう》と待ち合わせをしていた。

最初は真奥《まおう》からの思わぬ誘いに胸が不思議な高鳴りを見せたのだが、待ち合わせの場所を聞

かされ、千穂《ちほ》はつい首を傾《かし》げてしまう。

「……」

　そして今も、何故《なぜ》自分がこの場所にいるのかよく分かっていない。

　真奥《まおう》が指定したのは、なんと職員室の前の廊下だったのだ。

　一緒に帰ろうとか寄り道しようという女子達をなんとか誤魔化すにはちょうどいい待ち合わせ場所ではあったが（ちなみに佳織《かおり》は放課後になった瞬間義弥《よしや》を引っ張って姿を消した）。

　とにかく真奥《まおう》が行きたい場所がどこなのか、未《いま》だに分からない。

　何より不思議なのは、一度は待ち合わせ場所に現れた真奥《まおう》が、千穂《ちほ》を待たせて職員室に入ってしまったということだ。

「悪いちーちゃん。ちょっと待たせることになるけど」

「はい、それはいいんですけど……学校の外で待ってましょうか？」

「いや、頼む、できれば俺が出てくるまでここにいてくれ！」

「わ、分かりました」

　そう言って真奥《まおう》が職員室に入ってから、もう十五分近く経《た》っている。

　真奥《まおう》からの誘いを受けたときには、これが世に言うデートというものかと思ったが、これはどう考えてもそういう流れではない。

「……そうだよね。そんな風になるような雰囲気どこにも無いし……」

少しだけ自嘲気味に呟《つぶや》くが、それなら尚更《なおさら》、これから何が始まるのか分からなくなる。

と、そのときだった。

「いいか、先方に失礼なことはするなよ」

「大丈夫ですって」

真奥《まおう》が、聞き覚えのある声を伴って職員室から出てきた。

「お、佐々木《ささき》。すまんがこいつがどうしてもって聞かないんだ。まぁお前達二人なら下手なことにはならないだろうが、先方も大変な状況だ。あまりお邪魔するなよ？　電話は俺がしておくから」

「え？　あ、は、はい」

なんと、担任の安藤《あんどう》教諭だった。

「それと真奥《まおう》。佐々木《ささき》は一応弓道部なんだから、あまり引っ張り回すな。お前のやりたいことはよく分かったが、何せ前例が無い。期待はするなよ？」

「分かってます。ただ、何かできることはあると思って話したかったんです。先生だったら聞いてくれると信じてました」

「調子のいいこと言うな。それじゃ佐々木《ささき》、悪いが頼んだ」

「……はぁ」

もう訳が分からない。

千穂《ちほ》が呆然《ぼうぜん》としていると、真奥《まおう》は手を合わせて小さく頭を下げた。

「ごめんな、待たせた」

「それはいいんですけど……何がなんだか。結局、どこに行くんですか?」

「ああ、うん。すまん。ちゃんと話す。ただ、安藤《あんどう》先生に話してからじゃないと行っていい場所じゃなかったから今まで言えなかった」

そして真奥《まおう》が口にしたのは、あまりに意外な場所だった。

「これから、米屋《よねや》パンのおっさんが入院してる病院に行く」


警察官の父を持つ千穂《ちほ》であったが、警察病院が一般人も入院できるということは初めて知った。

そして、米屋《よねや》パン店の主《あるじ》、今年六十五歳になるという米屋富隆《よねやとみたか》を見舞った笹北生《ささきたせい》が既に大勢いたことにも驚いた。

見舞いの品や寄せ書きなどが積み上がっているところを見ると、むしろかなり出遅れた方であるとすら思った。

移動販売車の中で見せるのと変わらぬ米屋《よねや》の柔和な笑顔に、少し涙が浮かんでいた。

「私が初めて笹北《ささきた》にパンを売りに行った頃は、まだ男子校でね。とにかく腹を減らした男子ばかりだったんだ」

その頃の名残で、とにかく学生には安く沢山食べて欲しいと思い続け、共学になった今もコンビニパンの三分の二の価格で、コンビニパンの倍近いサイズのパンを作り続けているのだという。

「車がおしゃかになったのを見たときには絶望したものだが、こうやって子供達が一日と置かず見舞いに来てくれるのが、嬉《うれ》しくて仕方が無いよ」

米屋《よねや》の容態は、即時スクラップの判断を下せる車の損傷を考えれば軽かったが、額を十針以上縫う怪我《けが》。さらに右足と左手の骨折は相当の重傷である。

各種保険は下りるし日常生活にも戻ることはできるが、治療には時間がかかり、少なくとも最低半年以上の休業はやむを得ないらしい。

そのことを告げる声は悔しさに満ちており、だがスムーズであることが、米屋《よねや》がどれだけの数の笹北生《ささきたせい》にそのことを語って聞かせたかを表している。

「俺達は学校でしか買ったことが無いんですけど、お店の方は大丈夫なんですか？」

「店自体は息子夫婦が頑張ってくれているし、家内もまだまだ元気だが……はは、まあこんなことをいうのはなんだが、笹北《ささきた》への移動販売はね、ちょっと特別で」

「特別？」

「ああ。実は、あまり儲《もう》からない」

米屋《よねや》はそう言って微笑《ほほえ》んだ。

「君達も聞いたことはあるだろう？　増税だ原材料の高騰だということは、うちのような小さい店では特に死活問題でね。店の方ではサイズを変えたり、材料の仕入先を変えたり色々しているんだが、笹北《ささきた》で販売するパンだけは、昔から味も値段も一度も変えていないんだ」

「⁉」

真奥《まおう》と千穂《ちほ》は驚く。

笹幡《ささはたきた》北高校が男子校だったのはもう三十年も前の話だ。

その頃から値段が据え置き、というのが、恐るべき経営努力で成り立っていることくらいはよく分かる。

「君達がその大きな口でパンを食べてくれているのを見るのが私の楽しみで青春なのさ。だから私が働けなくなったら、継続は難しくなる」

不採算事業、とまでは言わないが、笹幡《ささはたきた》北高校への移動販売は、米屋《よねや》パン店にとって決して実入りの良い商売ではない。

それでも店主である米屋《よねや》がやると言っているから続いているのだ。

「でも、安心したまえ。そういうときのために、我々の商売にも横の繋《つな》がりがある。私はもう行くことはできないだろうが、移動販売をやれる別の店がいずれ行くことになると思うよ」

「……」

見舞いに来てくれた少年少女を元気づけるように微笑《ほほえ》む老人の纏《まと》う空気が、少し小さくなってしまった。

千穂《ちほ》はそう感じた。

だが言葉を失う千穂《ちほ》とは違い、真奥《まおう》は真剣な顔で頷《うなず》くと、おもむろに言った。

「おじさん。変なこと聞いていいですか？」

「ん？　なんだい？」

「うちの学校で売ってるパンは、お店のパンと一緒に作ってるんですか？」

「……真奥《まおう》さん？」

真奥《まおう》の質問の意図が分からない千穂《ちほ》だが、米屋《よねや》も同じらしい。

「俺、パン屋さんの仕事ってどういうものかよく分からないんですけど、朝早いんですよね」

「んー、そうだな。まぁ遅くても朝四時には働きはじめてるね。うちの店で朝食や昼食を買って出勤するお客さんもいるからね」

「ですよね。笹北《ささきた》用のパンも、そのタイミングなんですか？」

「一部の仕込みは一緒にやるが、うちの店の窯は古いから、サイズが違うパンを同時に窯に入れることはない。メロンパンとカレーパンくらいかな、同時にやるのは。できればできたてを食べてもらいたいから、十時半くらいにでき上がるように計算して作って、車に積み込むようにしているよ」

千穂《ちほ》は米屋《よねや》の言葉が無意識に現在進行形で語られているのに気づき痛ましい思いにかられるが、真奥《まおう》の表情はここそが本番、とばかりに真剣な色合いになっていた。

「じゃあ……おじさんがいなかったら、もう笹北《ささきた》用のパンは作ることすらできませんか？」

「うん？」

これまでは学生の社会学習の一環くらいの感覚で質問に答えていた米屋《よねや》に、初めてはっきりと疑問の色が浮かぶ。

「いや、数はある程度絞れば作れる。あの車のパンの半分は息子が作っているものだし……」

「おじさん」

それを聞いて、真奥《まおう》は身を前に乗り出した。

「俺、米屋《よねや》のパン好きなんです」

「……ああ」

「俺達の先輩もそうだし、あんなことにならなければ後輩も絶対米屋《よねや》のパンを毎日食いたいはずです」

「……真奥《まおう》さん？」

そして千穂《ちほ》にとっても、米屋《よねや》にとっても、想像だにしないことを言い出した。

「笹北《ささきた》高校の米屋《よねや》のパンの販売を、俺に任せてもらえませんか」

※

「真奥《まおう》の奴《やつ》、本当に言ったのか」

翌日、千穂《ちほ》をこっそり職員室に呼び出した安藤《あんどう》は、米屋《よねや》の病室での顚末《てんまつ》を聞き苦笑した。

「先生、知ってたんですか？」

「知ってたというか、今後の参考のために米屋《よねや》さんに相談をしたいってことだったんだが、それも同じことか」

安藤《あんどう》は肩を竦《すく》めると、千穂《ちほ》の前にA４サイズの書類を一枚出してきた。

「読んでみな」

「はい……部活動・同好会立ち上げ申請書……えっ？」

話には聞いたことがあるが、実際には見たことの無いその書類に書かれた内容を見て、千穂《ちほ》は息を呑《の》んだ。

申請者・二年A組　真奥貞夫《まおうさだお》。

部活動同好会名称・購買部。

活動内容・小売業研究と学内昼食事情改善。

顧問教諭・安藤光弘《あんどうみつひろ》先生
外部指導者の有無・米屋《よねや》パン店

そして、
千穂《ちほ》は書面と安藤《あんどう》の顔を何度も交互に見る。

「こ、これは……」

「……購買部って、こういうものでしたっけ」

「まぁ、違うな」

千穂《ちほ》の質問に、安藤《あんどう》は笑う。

「俺も正直なんだこりゃ？　って思ったよ。まぁ、あいつなりに考えた結果なんだろ」

「考えたって……」

本来『購買部』とは、購買組合の制度にならって、学用品などを市価よりも廉価に販売する組織である。

字面《じづら》こそ似ていても、野球部やサッカー部のような、いわゆる生徒の自治的教科外活動とは全く違う性質のものだ。

真奥《まおう》は、米屋《よねや》が学校に来られないなら学校側から取りに行けばいい、と安藤《あんどう》に言った。

数は絞らねばならないだろうが、学校と米屋《よねや》パン店の距離ならばやり方次第では不可能ではない。

真奥《まおう》が『部活動』として校外に出て、米屋《よねや》パン店で作られた商品をどうにかして学校に運び込み、販売を代行する、というのだ。

あまりにも荒唐無稽な案だが、安藤《あんどう》の次の一言は、何か違う、という千穂のイメージを大きく裏切るものだった。

「実はこれ、職員会議に議題として通ってる」

「へっ⁉」

「必死に考えたんだろうな。よくもまぁと思うほど、色々な隙間を突いてるんだ」

「隙間、ですか？」

「ああ。まず米屋《よねや》さんの件は学校としては寝耳に水で、未《いま》だに次善の策が出ていない。それくらい米屋《よねや》さんには、学校の昼食事情を依存していたんだ。まずここに、学校側の弱みがある」

「弱み……」

「それに、米屋《よねや》さんのパンにはファンが多い。在校生のお前達はもちろん、先生達の中にも結構利用してる人がいて、俺みたいな笹北《ささきた》卒業生は、まぁ青春の味なんだ」

安藤《あんどう》の母校がこの笹北《ささきた》であることは、生徒間でも有名な話だ。

「それで、真奥《まおう》はこれをあくまで部活動、としている。部活とあれば、外部指導者と交流するのはごく自然なことだ。指導料や試験にかかる費用の一部を部費で賄うことだってある」

確かに千穂《ちほ》が所属する弓道部は、顧問教諭は名前だけで、実際の指導は外部の有段者に依存している。

「それに活動目的が食品販売ではない。食品販売となると検便とか色々やらなければならないことがあるが『学内昼食事情改善』って申請なら、米屋《よねや》さんの枠で保健所的な部分は回避できる。そもそも家庭科部とかと違って、真奥《まおう》がパンを作ろうっていうんじゃないからな」

「そういうの、グレーゾーンなんじゃ」

「確かにな。グレーだよ」

安藤《あんどう》はあっさり認めた。

「だがな、真奥《まおう》や購買部が生徒と米屋《よねや》さんの間に入って利益を得るわけじゃない。『真奥《まおう》が皆から金を集めて必要な分のパンを買いに行っているだけ』とも言えるんだ。お金を払うタイミングが少し普通と違うだけでな」

「それは」

詭弁《きべん》もいいところだが、安藤《あんどう》はその理屈に納得しているらしい。

「真奥《まおう》が米屋《よねや》さんに雇われるわけでもないから、普通に考えられるリスク回避の策を練れば、米屋《よねや》さんに損は無いし、学校の昼食事情も大分改善される。部が組織として残れば、また米屋さんに来てもらえるようになるかもしれない。って、昨日お前を外で待たせてる間に、真奥《まおう》が職員室で熱弁してったのはそういう感じの話だ」

「……でも」

千穂《ちほ》の懸念《けねん》を先回りするように、安藤《あんどう》は言った。

「もちろん認められるかは分からない。大金を扱うわけだし、ことが外部業者との話だから、余程の事情が無ければ途中でやめた、というわけにはいかんし、真奥《まおう》が卒業したらとか、学校と米屋《よねや》さんの契約の問題もあるから、正直俺は無理なんじゃないかと思ってる」

千穂《ちほ》もそう思う。

店主の米屋《よねや》の落胆ぶりを見れば、彼のためにも笹北《ささきた》生の昼食を守りたい真奥《まおう》の気持ちは分かる。だがやはり、どんな理屈をこねようと、一生徒が食べ物を代行して販売する、という状況は無茶が過ぎる。

学園祭の屋台などで一日、二日営業するのとは訳が違う。

安藤《あんどう》が言った通り、お金や食べ物が動くのだから、双方に大きな責任と負担がかかる。

「真奥《まおう》にもそもそも会議の結果通らなかったり米屋《よねや》さんが首を縦に振らなければ駄目だとは言ってある。俺もな、一卒業生としては米屋《よねや》さんには続けて欲しいから、なんとも複雑だよ……」

安藤《あんどう》はしばらく購買部創設の見通しについて語ってから、手間を取らせたことを千穂《ちほ》に詫《わ》びた。

千穂《ちほ》は職員室を辞してからしばらく熱に浮かされたようにふらふらと廊下を歩き、自分の教室に戻る。

真奥《まおう》は自分の席でノートに何か書きなぐっており、そっと後ろから近づいて覗《のぞ》き込《こ》むと、どうやら実際に米屋《よねや》パン店の商品を学校に運び込むに当たり考えられる様々なことを検討しているらしい。

集中している真奥《まおう》の邪魔をしてはいけないと思い自分の席にそっと戻ると、

「やあお帰りささちー」

なぜか佳織《かおり》が千穂《ちほ》の席で待ち構えていた。

「先生の呼び出しはなんだったんだね。下校デートを見られて生徒指導かい？」

「…………かお」

「ありゃ、意外な反応」

千穂《ちほ》が三白眼で睨《にら》むと、佳織《かおり》は早々に白旗を上げた。

「まぁ、貞夫《さだお》の様子見てればそんな浮ついた話じゃないってのは分かってたけどさ」

「浮ついたどころか、頑張って地に足着けようとしてる感じの話だよ……はぁ」

「何それ」

首を傾《かし》げる佳織《かおり》に、千穂《ちほ》は真奥《まおう》に聞こえないように小声で、安藤《あんどう》から聞いた話を掻《か》い摘《つま》んで話す。

「…………また随分と思い切ったことを」

『購買部』を部活動として立ち上げて、米屋《よねや》パン店の移動販売を存続させる、そんな大それた計画に、さすがの佳織《かおり》も驚きを隠せなかった。

「先生はできるかどうかは分からないって言ってたけど……」

「ふぅん。でも職員会議にかかったってだけで結構じゃん。確か教頭先生、笹北《ささきた》の卒業生でしょ。意外と味方は多いかもよ？」

「え？　そうなの？」

「でもそうか。今日は朝からなんかせわしなくしてるなって思ったら、もう貞夫《さだお》の中では話が通った前提で物事考え始めてるんだね」

「そうだと思う。昨日、米屋《よねや》さんのおじさんをお見舞いに行ったときもそんな感じだった」

「そりゃあ斬新なデートだね。ときめきも何も無さそう」

「デートってそんなんじゃ……かお、この前から何か、私と真奥《まおう》さんで遊ぼうとしてない？」

「この前から？　何言ってんの。一年のときからだよ」

「かおっ!!」

　怒ろうとした瞬間、授業開始の予鈴が鳴り、その場はうやむやになってしまった。

　だがその日の放課後、帰ろうとする真奥《まおう》を安藤《あんどう》が呼び止めるのを見て、千穂《ちほ》はもしかしたら、という思いを強くしたのだった。

「……なんでかしら。まだ何もしてないのに、もう凄《すご》く悪いことしてる気分になる」

※

その日の夜。

大荷物を抱えて帰宅した恵美《えみ》は、早速荷解《にほど》きをして中から出てきたものを壁にかけて眺め、そして呟《つぶや》いた。

「それにしても、随分高くついたわね。今月はかなり節約しないと……」

恵美《えみ》は財布の中身と、来月の給料日までを計算し、体がずっしり重くなるのを感じる。

「なんにしても、もう色々な意味で後戻りはできないわ。これ以上醜態を晒《さら》さないためにも、明日からの計画をしっかり立てないと」

恵美《えみ》は、今日の買い物のメインである『それ』とは別に、新しく買った三十分刻みのスケジュール帳に、綿密に行動計画を書き込んでゆく。

散財した直後なので幸か不幸かは判断しづらいが、買い物を生かすための自由時間は四月の間は比較的多く取れる。

丸一日仕事をしなければならない日はもうどうしようもないが、半日勤務の日などは可能な限り真奥《まおう》と芦屋《あしや》の動向を摑《つか》んでおきたい。

「と、とりあえず明日、まずは予行演習も兼ねて、午前中偵察に行ってみようかしら」

明日の勤務は午後一時から。

それまでの時間を、恵美《えみ》は真奥《まおう》を見張るための予行演習に充《あ》てることに決める。

真奥《まおう》はああは言ったが、やはり長時間目を離すのは不安で仕方ないし、そもそもエンテ・イスラでの魔王サタンの行動を考えれば本来片時も目を離してはいけないのだ。

だがその心構えとは裏腹に、

「こ、これは魔王を倒すため。つまりは世界の……エンテ・イスラだけじゃなく、日本の平和を守るための行動なのよ。しっかりしなさいエミリア。昔はこれくらいのこと、必要に応じてやっていたじゃない。今こそ日本で、勇者として存分に力を振るうべきよ!」

口から出てくるのは自分を叱咤《しった》激励する弱気な言葉ばかり。

何か事を為《な》すに当たり、こんなに不安になったのはいつ以来だろう。

予行演習で躓《つまず》いてはどうしようもないので、恵美《えみ》はもう一度、明日自分が為《な》すべきこと、万が一のトラブルシューティングを復習する。

そして、緊張のあまり眠りが浅い夜を経て。


「い、いよいよね」

恵美《えみ》は、朝の笹塚《ささづか》の駅に、魔王の動向を見張るべく降り立った。

普段新宿《しんじゅく》に行くために利用している京王《けいおう》線の車内でひどく緊張しつつ、自分の隠密《おんみつ》性が飛躍的に高まっていることを確信する。

自分と同じ服装の人間が何人も、同時に改札を抜ける。

「大丈夫……大丈夫よ」

恵美《えみ》はぶつぶつと口の中で呟《つぶや》きながら、手に持った革の鞄《かばん》を強く握りしめた。

歩を進める度に、恵美《えみ》の隠密《おんみつ》度はさらに上昇し、一見すればそこに恵美《えみ》がいるなどと知り合いでも絶対に気づけないだろう。

時折周囲に目を走らせるが、誰も自分に不審の目を向けてはいない。

大丈夫、溶け込めている。

恵美《えみ》は少し、自信を深める。

やがて、目的地が見えてきた。

笹幡北《ささはたきた》高等学校。

真奥《まおう》が、魔王サタンが通う高校だ。

ここまでの道行きは言わば前座。

あの場所が最初のチェックポイントだ。

頭の中で万が一に備えトラブルシューティングを復唱し、一歩一歩、履きなれないローファーを踏みしめ進む。

校門の前に、教師らしき男性が立っていて生徒達に挨拶をし、生徒達もそれぞれに返している。

お願い。気づかないで。

「おはよう、はい、おはよう。おはよう……おい、そこの女子」

「っ‼　は、はい！」

気づかれたか！　明らかに恵美《えみ》に向けて放たれた言葉に、心臓が縮み上がる。

だが、次の一言は、恵美《えみ》の予想したものではなかった。

「鞄《かばん》の蓋、金具が開いてるぞ。気をつけろよ」

「えっ？　あ、あ、はい、すいません」

見ると確かに金具が一ヶ所きちんと留められておらず、中身が見えそうになっている。

これはこの後の行動に必要なもので、恵美《えみ》は慌てて直すふりをするが、もうそれきり教師は恵美《えみ》のことを見ておらず、後からやってくる生徒達にまた挨拶を続けた。

心臓が縮み上がる思いをしながら校門を抜けた恵美《えみ》は、そのまま真《ま》っ直《す》ぐ校舎の昇降口へと向かう。

昇降口には下足ロッカーがあるが、人が少ないあたりを選んでなんのシールも貼られていない場所にローファーを放り込み、鞄《かばん》の中から素早く真新しい上履きを取り出して上がり込んだ。

そして少し早足で、昇降口のすぐそばにある女子トイレへと駆け込み、個室に入って鍵をかけた。

「……はあああ……驚いた」

全ての視線から切り離された恵美《えみ》は、ようやく大きく息を吐く。

「でも、成功よ。成功だわ」

呼び止められて、通り一遍の注意をされたということは、逆に自分の隠密《おんみつ》行動が完璧であることの証左である。

恵美《えみ》は最初の関門を潜《くぐ》り抜《ぬ》けた興奮を抑え、大きく深呼吸をして次の段階を考える。

今日は、多くを得ようとしてはいけない。

まずは地道な情報収集。

必要な情報を得たら欲張らずに即撤退。

それを何度も肝に銘じた恵美《えみ》は、便宜的にトイレの水を流してから意を決して個室を出た。

警戒は必要だが、あまりそれを露骨にしては周囲から浮き上がってしまう。

あくまで隠密《おんみつ》行動であることは貫かねば。

この場で自然に見えるよう振る舞わなくては。

「あっ、すいませ……」

「あっ、ごめんなさい」

トイレを出る際、入る女子生徒とぶつかってしまい、恵美《えみ》は軽く詫《わ》び、向こうも同じように詫《わ》びる。

長い黒髪の可愛《かわい》らしい女子だった、という印象を無意識に抱き、さてまずはどこに行こうかと顔を上げたときだった。

「江村《こうむら》くん、先に教室行ってて。私、かお待ってるから」

「あいよ。んじゃ後で」

「真奥《まおう》さんはすぐ職員室ですか？」

「うん。登校したらすぐ来るようにって言われてるからまずは安藤《あんどう》先生……の……とこ」

トイレの前にいた三人組が目に入ったときには、もう全てが遅かった。

女子生徒が一人。

男子生徒が二人。

その中の、黒髪の男子生徒と目が合ったとき、恵美《えみ》は己の不幸を呪い、嘆き、今すぐこの世が滅べばいいと勇者にあるまじき願いを抱いた。

滅びないなら自分が滅ぼせばいいのではないかとすら思った。

何故《なぜ》、何故《なぜ》こんなことになるのだ。

折角上手《うま》く行きそうな気配がしてたのに。

先日とは時間をずらしたのに。

何故《なぜ》、どうして。

「……真奥《まおう》さん？」

「なんでもないなんでもない悪いけどちーちゃんちょーっと頼まれてくれねえか俺滅茶苦茶《めちゃくちゃ》腹痛くなってきちゃってでもそこのトイレの個室満員な予感がするから別の階のトイレに行くわそこの階段から多分一番上まで行くわそれで佳織《かおり》が出てきてからでいいからちょっと俺が腹壊して遅れるって安藤《あんどう》先生に伝言頼むわうわー腹痛ぇーやっぱすげぇ男子トイレいっぱいだわ上行くわー!!」

真奥《まおう》の恐ろしく迂遠《うえん》な言い訳も行動も、恵美《えみ》には最早《もはや》別次元の映像を見ているかのように現実感が無かった。

真奥《まおう》はひたすらぶつぶつ言いつつ女子生徒の死角に回り彼女が振り向くか否《いな》かのタイミングで恵美《えみ》の後ろ襟を掴《つか》み、丁度やってきた生徒達の塊に紛れて階段を上がっていき、その間恵美《えみ》はされるがまま、焦点の合わぬ視線を足元に落としっぱなしで、気がつけば四階ほど階段を上がらされて、誰もいない屋上出入り口の踊り場に連行されていた。

「…………」

「…………」

息詰まるような空気に、恵美《えみ》は顔を上げられない。

ただただひたすら、

「……死にたい」

そう思った。だから口にした。

「おう、なんなら手伝ってやるぞ」

魔王サタンを思い起こさせるほど、その声は冷たく鋭かった。

「…………ごめんなさい」

だから次の瞬間、恵美《えみ》は全面的に降伏した。

真奥《まおう》は真奥《まおう》で、言葉通りこの後どうしたらいいか分からない様子だった。

「…………とりあえず、どうしたんだ、それ」

「……………買いました。中古で」

「………………」

「ごめんなさい」

真奥《まおう》は言葉を失い、恵美《えみ》はひたすら、焦点の合わない目で足元を見ている。

それもやむを得ない。

異世界の勇者が、遊佐恵美《ゆさえみ》と名乗ってOLとして働いている女性が、笹幡北《ささはたきた》高校の女子制服一式を纏《まと》ってこの場にいるのだから、常識的な反応などできる方がおかしい。

「さすがの俺も予想外すぎて、この後どうしたらいいか分からん」

「……気にしないでもらえると……」

「お前、今の俺の気持ちが分かるか？　学校にテロリストが乗り込んできてそれに対して秘密の力で撃退しなきゃってのやらされてるんだぞ」

真奥《まおう》は頭痛を我慢するように頭を抱えてしまう。

「俺は確かに目立たないようにやれとは言ったが、そりゃそういうことじゃねぇんだよ。というかそこまでやってどうして、いきなり俺に見つかってるんだ」

「……そんなの私が知りたいわよ」

これだけの生徒数がいる中で、どうしていきなり真奥《まおう》と逃げようのないタイミングで鉢合わせてしまうのか。

トイレから出るときに女子生徒とぶつかってしまって集中が乱れたのは確かだが、その代償があまりに大きすぎる。

「……あーもう」

微《かす》かに怒りを含んだ真奥《まおう》の唸《うな》りに、びくりと背筋が震える。

「今日は朝から先生にいい雰囲気で職員室に呼ばれてて、機嫌良かったんだ。もしかしたら俺の、生徒会長になるって野望が一歩現実に近づくんじゃねぇかと思ってな。そのいい気分をお前こんなフザけたことでフイにしてくれやがって。ったく」

やはり、やめておけば良かったのか。

もう少し時間を置いて、考えるべきだったか。

だが後悔先に立たず。

「もうこれを何度お前に言ったか分からんが」

ため息交じりに告げられる言葉は、簡単に予想がついた。

「帰れ」

「………はい」

付け狙う標的に全てが露見しこの状況で帰れと促されることは、最大級の温情を下されているに等しい。

もはや屈辱すら覚えられなくなった恵美《えみ》は、ただ素直に了承するしかなかった。

「……朝から邪魔してごめんなさい。今日はもう、帰ります」

「おう、二度と来なくていいぞ」

今回ばかりはあまりにも色々と情けなくて、憎まれ口すら出てこなかった。

「授業始まるまではここに隠れてろ。どうせ誰も来ねぇから。HR《ホームルーム》の始まりは八時半だからそれ過ぎたら……」

一体自分は何をやっているのだろう。

情けなくて情けなくて、涙が出そうになり唇が震える。

だが、そのときだった。

突如として、学校中に耳障《みみざわ》りな警報ベルが鳴り響いた。

二人が顔を上げると同時に、校内放送が入る。

『現在校舎にいる全校生徒に連絡します。現在校舎にいる全校生徒に連絡します。火災が発生しました。火災が発生しました』

「火事だって？」

思わぬ事態にさすがの真奥《まおう》も驚いている。

『火元は旧校舎二階倉庫。火元は旧校舎二階倉庫。校内にいる生徒は慌てず落ち着いて校庭に避難してください。校内にいる生徒は慌てず落ち着いて校庭に避難してください。これは訓練ではありません。これは訓練ではありません……』

努めてゆっくり状況を報告する放送の内容を肯定するように、ふと、二人がいる踊り場の出口の窓の外が微《かす》かに暗くなり、何かが燃える臭いが漂ってくる。

真奥《まおう》も恵美《えみ》も、これまでの経験上物が燃える臭いには敏感である。

「古い木が燃える臭いね」

「旧校舎？　なんでそんなとこから火が……」

笹幡北《ささはたきた》高校には戦後すぐに建てられた木造の旧校舎の一部が今も残っている。

三十年前の共学化にあたり今の新校舎が建てられたのだが、その後も時代に合わせて耐震補強を施しつつ、同好会の部室や倉庫などとして利用されていた。

だが、かつての理科室や家庭科室などのガス管は排除されており、火元になるようなものは無いはずなのだ。

「おい、上手《うま》い具合に皆外に出るだろ。それに紛れて逃げちまえよ」

「あ……う、うん。あなたは……」

「俺は誰に恥じることなくここの生徒だ。普通に避難して自分のクラスと合流する」

「いちいち嫌味言わないでよ。ちゃんと後悔してるんだから」

恵美《えみ》は眉を顰《しか》めつつ、少しずつ慌ただしくなってくる階下へと二人で向かう。

生徒達の表情には焦《あせ》りこそ浮かんでいるが、物理的に新校舎から離れている旧校舎が火元ということで、差し迫った危機感を抱いている様子は無い。

中には一時間目が潰れてラッキー、などと臆面もなく言う者まで。

本来火災の避難では上履きのまま校庭に出るのがセオリーだが、結構な数の生徒が外履きに履き替えようとして昇降口はそれなりに混雑している。

「おい、それじゃあな。さっさと失《う》せろよ」

「う、うん、じゃあ」

そこまで行くと同級生がいるのか、真奥《まおう》が恵美《えみ》から離れようとして、恵美《えみ》が遅れて返事をしたそのときだった。

「「⁉」」

別れかけた真奥《まおう》と恵美《えみ》は、生徒達の頭越しに目を見合わせた。

今、絶対にあり得ないことが起こったのを、二人だけが感知したのだ。

「今のは……」

「魔力？」

魔力だった。

悪魔が魔術を行使するときに感じられる、負の奇跡を顕現させるエネルギー。

「……！」

「……!!」

恵美《えみ》は目で問いかけるが、真奥《まおう》は驚いた顔で心当たりがないと、首を横に振る。

「くっ！」

「あ、恵美《えみ》！　おいっ！」

真奥《まおう》が原因でないとすれば、芦屋《あしや》だろうか。

恵美《えみ》はその場で踵《きびす》を返《かえ》し、旧校舎とやらを探してもと来た道を戻ってしまう。

旧校舎への通路は昇降口とは反対側にあり、あっという間に恵美《えみ》は生徒達の波に紛れて見えなくなってしまう。

「……ったく、なんだってんだ！」

やむを得ず真奥《まおう》も、恵美《えみ》の後を追って人波に逆らい走り出す。

「あれは……真奥《まおう》さん？」

そんな奇妙な動きをする生徒は、やはり目立つ。

真奥《まおう》の頼みを聞いて職員室に寄ったために教室に行っていなかった千穂《ちほ》が、遠くから真奥《まおう》ともう一人が、向かってはいけない方向に向かっているのを見てしまったのは、偶然以外の何物でもなかった。

「真奥《まおう》さん！　一体どこに……！」

気がつけば千穂《ちほ》は、真奥《まおう》を追って自分も流れに逆らい走り出していた。

※

「あれが旧校舎ね！」

「おい恵美《えみ》！　待てって！」

「待ってられないわ！　あなたじゃないっていうなら、原因を確かめないと」

近づくと、魔力の発生源となる何かというより、強力な魔術の残滓《ざんし》であることが分かる。

「入口はここね」

「あっ、おい！」

「あなたはついてこなくていいわよ！　クラスに合流しないといけないんでしょ！」

「うるせぇ！　魔力の発生源があるなら見逃せるか！」

恵美《えみ》は単純に魔力の発生源を確認するためだけにやってきたが、真奥《まおう》にとっては力を回復するチャンスかもしれないのだ。

恵美《えみ》は真奥《まおう》に追いつかれないよう、黒煙を上げる部屋を目指して階段を駆け上がる。

「……い、今のは」

僅かに遅れて旧校舎の前にやってきた千穂《ちほ》は、真奥《まおう》と一緒に知らない女子生徒が旧校舎に飛び込んでゆくのを目にする。

だがさすがに火が上がっている建物に飛び込む勇気は出ず、二の足を踏んでいると、

「えっ？　きゃっ！」

火元と思《おぼ》しき煙の上がる窓から、何か大きなものが飛び出した。

散らばってくるガラス窓から慌てて身を引きつつ飛び出してきたものを目で追うと、

「……カラス……え、人⁉」

千穂《ちほ》は己の目を疑った。

最初、それは巨大な鳥に見えた。

なぜなら、千穂《ちほ》の足元に影を作るほどの翼が見えたからだ。

だが、その次に見た信じがたいものが、その推測を否定した。

目だ。

目が合ったのだ。

人間の顔をしていた。

端整な少年の顔に見えた。

翼を持った少年が、間違いなく自分を見た。

そして空へ飛び去ったのだ。

それだけでも己の正気を疑う事態なのに、さらに千穂《ちほ》の背筋を寒くすることがあった。

「私を見て……笑ってた？」

そう見えたのだ。

千穂《ちほ》はけたたましく響く警報も、未《いま》だ湧き上がる黒煙も意識できず、ただ謎の存在が飛び去った空を呆然《ぼうぜん》と見上げるだけだった。


「何かが、飛び去った……」

タッチの差で間に合わなかった。

煙を警戒しつつ進んだのが悪かったのか、火元の部屋から何か大きなものが飛び出す音がした。

「うぇっほ、うぇっほ！　い、今の音は……」

後からやってくる真奥《まおう》は、ハンカチで顔を押さえつつ涙目になっている。

「あー……ダメだこれ。魔術の残滓《ざんし》じゃ俺が吸収できない。でもなんだ。これ、覚えがある」

「私、今の魔力……知ってる？　う、げほっ、げほっ」

感じた魔力と、何かが飛び去る音が記憶を刺激したが、煙がますます強くなり、それ以上進めず引き返さざるを得なくなってしまう。

真奥《まおう》もそれ以上踏み込む気は無いようで、恵美《えみ》に促されるまま来た道を引き返していった。

「誰かいるわね？」

「あれは……げっ！」

旧校舎から出た所に人影を見つけた恵美《えみ》は目を細めて様子を窺《うかが》い、その後ろ姿に覚えのある真奥《まおう》はうめき声を上げた。

すると、その声を聞いたのか、女子生徒が二人を振り返った。

「「……？」」

真奥《まおう》と恵美《えみ》は、眉を顰《しか》めた。

振り返った女子生徒、佐々木千穂《ささきちほ》の顔は、まるで幽霊でも見たかのようだったからだ。

そして、

「真奥《まおう》……さん、空に、人が……」

そう言ったきり、突然喉に何かつかえたように呼吸を詰まらせる音がして、膝から崩れ落ちてしまった。

「ちーちゃん!!」

真奥《まおう》が声を上げて駆け寄り危ういところで支える。

「ちーちゃん、おい、しっかり!」

顔色は真っ青で、呼吸が浅い。

「どいてっ!!」

その様子を見た恵美《えみ》は、真奥《まおう》を突き飛ばして千穂《ちほ》を抱き寄せた。

「お、おい!」

「あなたも離れて! 魔力中毒の症状よ! 呼吸が止まって気絶してる! 処置しなきゃ!」

「な、え!? お、おう!」

真奥《まおう》の顔に焦《あせ》りの色が浮かぶが、恵美《えみ》も焦《あせ》っていた。

この少女には見覚えがある。真奥《まおう》の三人の友人の一人だ。

体に聖法気《せいほうき》のソナーを打ち込むと、やはり体内のエネルギーが魔力で攪乱《かくらん》された痕が見えた。

重症ではないが、速やかに処置しなければ明日まで目覚めないだろう。

残り少ない聖法気《せいほうき》を流し込みながら、恵美《えみ》は少女が気絶する瞬間に呟《つぶや》いたことを頭の中で反《はん》芻《すう》していた。

「空に、人。この子が人だと思った。魔力。魔力中毒……そんな、でも、有り得ない」

顔色だけなら今の恵美《えみ》は、気絶した少女よりも青かった。

それでも頭の中の可能性を必死で否定しながら少女の治療を継続し、真奥《まおう》はその様子を戸惑いつつただ見守るしかなかった。

やがて遠くから消防車のサイレンが聞こえてきても、三人はその場から動くことができなかったのだった。

勇者と魔王、学校に立つ

廊下をペタペタと歩く足音と、生徒達のざわめきが少しずつ校舎に流れる時間を普段の形へと戻してゆく。

突然の火災警報による全校避難から一時間半ほど。

安全が確認されて、生徒はとりあえず教室に戻されることになったのである。

「今日このまま一斉下校とかにならねぇかな」

「義弥《よしや》、あんたねぇ」

義弥《よしや》の軽口を佳織《かおり》が窘《たしな》める。

「や、火事が起こってラッキー、とか言うつもりは無いけどさ、一応学校生活の安全を脅《おびや》かすトラブルだぜ？　ここは原因究明のために下校すべきだと思うがな」

「それは、そうかもだけど」

生徒達全員に、火災による避難という事態に驚きつつも、どこかこの非日常感を楽しむ気配があることは否《いな》めない。

結果的に自分に実害が及ばなければ、これくらいの混乱は生活のスパイスくらいに考えても、学生の内はやむを得ないだろう。

「にしてもあれだな。消防車って本当に滅茶苦茶《めちゃくちゃ》早く来るのな」

義弥《よしや》は感心したように言う。

最初に全校に避難を促す放送が入ってから、消防車のサイレンが近づいてくるまで体感では五分かかったかどうかだ。

消防服を着た隊員が校庭に現れたときには、避難した生徒達は、未《いま》だにクラス単位にまとまってすらいなかった。

ことが朝の登校時間帯であっただけに、教員側も生徒の居所や登校状況を把握するのに苦労していたようだ。

外にいた時間の大半は生徒の安否確認に費やされ、特に欠席した生徒の居所を捕捉するのに教職員はおおわらわだったらしい。

「……ねえ、義弥《よしや》」

「ん？」

「ささちーと貞夫《さだお》、いなくない？」

「え？　……あ」

教室まで戻ってきて、義弥《よしや》と佳織《かおり》はようやく、真奥《まおう》と千穂《ちほ》がいないことに気がつく。

「え？　あ、あれ？　あいつら避難してきてないのか？　あれ？　学校には来てるよな」

「いつも通り一緒に登校したでしょ何ボケてるの。ほら、何か貞夫《さだお》、安藤《あんどう》先生に呼ばれてるとか言ってたじゃない。それでかな。どうしたんだろう」

学校で火事、という大事件に親友二人の姿が見えないことに、佳織《かおり》は大きな不安を覚える。

「安藤《あんどう》先生も、戻ってこないね」

「ああ、そういや遅いな。隣のクラスはもう来てるみてぇだぞ」

義弥《よしや》の返事に、佳織《かおり》はやおら立ち上がる。

「私、ちょっと見てくる！」

「お、おいショージー!?　待てよ！　見てくるってどこをだよ！」

クラス担任の安藤《あんどう》教諭が戻らない中、佳織《かおり》と義弥《よしや》は慌てた様子で教室を飛び出す。

真奥《まおう》と千穂《ちほ》に何かがあった。だから、安藤《あんどう》は戻ってこない。

佳織《かおり》には確信があった。

学内で生徒に何かトラブルが起こったとき、十中八九行く場所と言えば……。


「失礼しますっ！」

佳織《かおり》が保健室の扉を全力で開くと、

「おい、静かに」

果たしてそこには安藤《あんどう》がいて、こちらに向かって指を立てて静かにするよう促す。

安藤《あんどう》の隣には真奥《まおう》が真剣な顔で座っていて、二床あるベッドは両方埋まっていた。

「……貞夫《さだお》」

「お、おい、まさか」

奥のベッドにいるのは見知らぬ女子生徒だったが、手前のベッドに寝ているのは間違いなく千穂《ちほ》だ。

佳織《かおり》と義弥《よしや》は顔を蒼《あお》くして恐る恐る近づくと、

「大丈夫、眠ってるだけだ」

二人の不安を和らげるように、真奥《まおう》が言った。

「そう……荏島《えとう》先生は？」

佳織《かおり》が、保健室に姿の無い養護教諭の名前を口にすると、

「荏島《えとう》先生は、消防の人のところにいる。万一のことを考えて、佐々木《ささき》はこのまま病院に運ぶから、その手続きのためだ」

安藤《あんどう》が厳しい顔でそう言った。

「び、病院⁉」

「慌てるな東海林《しょうじ》。一応だ。顔色は悪くないし、怪我《けが》も無い。ただ学校で火事があって、その近くで生徒が倒れていたなら、何も無くても病院に運ばなきゃならん。本当は消防車と一緒に救急車も来るはずだったんだが、折悪《あ》しく出払っていたらしくて、これから回ってくる予定だ」

「そう、ですか……」

佳織《かおり》は病院という単語に不安を覚えつつ、とりあえず千穂《ちほ》の寝顔が穏やかなことにほっと胸をなで下ろす。

「あの、そっちの子も？」

そして少し心の余裕が出てきたのか、奥のベッドにいる女子生徒のことが気になって尋ねると、

「あ……その、私は、大丈夫です。ちょっと、気分が悪くなっただけで」

と、くぐもった聞き覚えの無い声が力なく返事をする。

知っている子ではなかったが、とにかくこちらも無事のようで一安心だ。

「真奥《まおう》が、倒れてる佐々木《ささき》とそちらの子を見つけて、知らせてくれたんだ」

安藤《あんどう》がそう言うと、なぜか真奥《まおう》は少しだけ表情を厳しくする。

「貞夫《さだお》やるじゃん」

「後で教えてあげたら、ささちー喜ぶかもね」

義弥《よしや》と佳織《かおり》が褒めるようなことを言うが、それでも真奥《まおう》の表情は柔らかくならない。

それだけ千穂《ちほ》のことを心配しているのだと、二人は解釈した。

「じゃあ、とりあえず東海林《しょうじ》と江村《こうむら》は教室に戻れ。俺も一旦教室戻るから」

「貞夫《さだお》は？　戻らないんですか？」

「真奥《まおう》には、佐々木《ささき》を見つけたときの状況を救急の人に話してもらわないといけないからな。真奥《まおう》。すぐ戻るから少しだけここ頼む。例の話は、また今度な」

「……分かりました」

安藤《あんどう》の呼びかけに真奥《まおう》はやはり硬い声で頷《うなず》く。

佳織《かおり》と義弥《よしや》はそんな真奥《まおう》の様子を心配そうに振り返りつつも、安藤《あんどう》に促され、保健室を後にした。

「お前らもあんまり心配するな。荏島《えとう》先生も消防の人も、まずなんともないって言ってたから」

「は、はい」「うっす……」

安藤《あんどう》はそう言って励ますが、佳織《かおり》と義弥《よしや》の返事には元気が無い。

「……」

米屋《よねや》パンの件も片付かぬ内から、こんなトラブルがあっては、PTAや教育委員会、都の教育関係部署から厳しい横槍が入るかもしれない。

生徒達の動揺も鎮《しず》めなければならないし、安藤《あんどう》はため息の一つもつきたくなるが、生徒二人の手前それも憚《はばか》られる。

そんなことを考えながら校舎の階段を上がっていると、

「ん？　どうしたんだ？　教室に戻らなくていいのか？」

上の階から珍しい生徒の顔が近づいてくるのに気づき、声をかける。

「ちょっと、荏島《えとう》先生に用があって」

その生徒はそう言うと、さっさとすれ違っていってしまう。

「荏島《えとう》先生、いないぞ。今はさっきの火事で気分悪くなった子が寝てるから、保健室に用があるなら後にしとけ」

安藤《あんどう》はその背に声をかけるが、

「そうですか、分かりました」

生徒はあまり気にした様子も無く、そのまま階段を下りて廊下の角を曲がっていった。

佳織《かおり》達の気配が消えてから、真奥《まおう》は拳を震わせて、絞り出すように言った。

「俺の、せいだ」

「……」

「ちーちゃんは、俺を追ってきたんだ。それで、こんなことに……くそっ」

真奥《まおう》は自分の膝を両手で殴ると、そのまま項垂《うなだ》れてしまう。

「……」

そんな真奥《まおう》の背後で、もう一人の女子生徒がベッドから起き上がった。

「別にあなたが直接の原因ってわけじゃないでしょ」

佳織《かおり》達の目から逃れるようにして毛布を被《かぶ》っていたのは、言わずもがな笹幡北《ささはたきた》高校の女子生徒の制服を纏《まと》った恵美《えみ》であった。

「似たようなもんだろ」

珍しく真奥《まおう》に同情するような言葉を吐く恵美《えみ》だが、真奥《まおう》はそれを否定した。

「魔力中毒ってことは、結局は回り回って俺達が日本に来たことが大元の原因だ」

「……まぁ、確かにそうね」

上体を起こした恵美《えみ》は顔だけ真奥《まおう》を振り向くと、肩を竦《すく》める。

「でも意外だわ。あなた、本当にその子やさっきの子達と友達なのね」

「今更なんだよ」

「だって」

恵美《えみ》は、少し険悪な表情で言い放つ。

「エンテ・イスラであれだけ人間を殺しておいて、今更女の子一人が魔力中毒になってるの見て後悔してるとか、滑稽すぎるわ」

「……恵美《えみ》、お前」

「分かってるわよ。自分でも、性根曲がったこと言ってるのは。でも仕方ないでしょ。正直な気持ちなんだから」

恵美《えみ》はため息をつき、ベッドから足を下ろす。

「あなたのせいじゃないわよ」

そしてそう言って、真奥《まおう》の肩に手を置いた。

「え？」

「あの火事はあなたがやったんでもなければ、魔力をあそこに隠してたわけでもないんでしょう？」

「当たり前だ。外に置いとける魔力なんかどこにも……」

「ならいいじゃない」

「……恵美《えみ》？」

「私は決してあなたのしたことを許さない。でも、やっていないことの罪まで押しつける気も無いわ」

そう言って真奥《まおう》を見下ろす恵美《えみ》の顔は、

「お前、相当無理して言ってねぇ？　別に気を遣ってくれる必要は無いんだぞ」

いまいち自分の言っていることに納得がいっていない顔だった。

「仕方ないでしょ。本当なら世の中で起こった悪いことは全部あなたのせいくらいに思ってるんだから」

「責任転嫁《てんか》にしても酷すぎる」

「でも、本質から目を逸《そ》らしても始まらない。あなたがやったんじゃないなら」

恵美《えみ》は少しだけ真顔になり、低い声で言った。

「他にやった奴《やつ》がいる。私はそれを見逃せないわ」

「……確かにな」

真奥《まおう》はそう頻繁に旧校舎に行くことは無いし、芦屋《あしや》など言わずもがな。

ならば、真奥《まおう》も芦屋《あしや》も知らぬ魔力を持った第三者が、身近に潜んでいるということになる。

「倒すわよ。そいつが、何者であっても」

恵美《えみ》はそう決意すると同時に、ベッドの陰に隠してあった鞄《かばん》を手に持つ。

「お前、この後どうすんだよ」

「とりあえず、学校中を探索するわ。怪しい人間がいないかどうか」

「理由も無く鞄《かばん》持ったままうろついてる奴《やつ》がいたらそいつが一番怪しい。それ、置いてけよ」

「……」

「なんだよその顔は。俺がとりあえずお前が学校うろつくの許可してやってんのに……」

「……あなたのいる所に、鞄《かばん》置いていきたくないんだけど」

「あ？」

「お財布とか携帯とか入ってるし、他にも色々……」

「他人の鞄《かばん》を不在時に漁《あさ》るほど落ちぶれちゃいねぇよ!!」

エンテ・イスラでの魔王としての悪行三昧を糾弾されるよりもある意味不名誉な嫌疑をかけられて、真奥《まおう》は思わず怒鳴るが、

「静かにしなさいよ。保健室でしょ」

「お前が悪いんだろうが！　第一お前、先生に何か言われたらどうすんだよ。どこのクラスだと

か言われて、その先生のクラス言ったりしたら洒落《しゃれ》にならねぇぞ」

「う……」

真奥《まおう》の指摘に、恵美《えみ》は詰まる。

「不審火で大騒ぎしてるとこに、どこのクラスでもねぇ女が見つかったりしたら、一発で通報もんだぞ」

「じゃ、じゃあ、あなたが一緒に来てよ。学校の危機よ、それなら……」

「安藤《あんどう》先生が言ってたこと聞いてなかったのかよ。俺ここにいなきゃ駄目なんだよ」

「先生の言うこと魔王が律儀《りちぎ》に守ってどうするのよ！」

「俺は成績優秀品行方正で通った真奥貞夫《まおうさだお》だ！　不法侵入したコスプレ勇者とは違うんだ！」

「こ、コスプレって！　これ一応本物よ！」

「余計に悪いわ！　大体お前女子高生って歳でもねぇだろ！」

「あの……」

「私はまだ十七よ!!」

「嘘《うそ》だろお前！」

「あのー……」

「殺されたいの!?」

「通報してやんぞオオ!?」

「あのっ!!」

「「!?」」

言い争いがヒートアップしていた二人は、ベッドの上で千穂《ちほ》がもぞもぞと動いて目を開けたことに全く気づかなかった。

上体を起こして、困惑半分警戒半分で真奥《まおう》と恵美《えみ》を交互に見ていたのだ。

真奥《まおう》と恵美《えみ》は、その瞬間呼吸すら止めて固まってしまう。

「なんの話を……してるんですか?」

「ち、ちーちゃん……」

「お、起きていたの?」

「少し前から……」

千穂《ちほ》の硬い声を聞いて、真奥《まおう》は冷や汗を浮かべる。

「わ、悪い、騒がしかったか?」

「真奥《まおう》さん」

下手な誤魔化しは通用しない。

千穂《ちほ》の言葉の端々に、そういう気配が漂っている。

「説明してください」

「な、何を……」

「今、なんの話をしていたのか……どうして一人……いえ、二人で、火事の現場に向かっていたんですか」

「そ……」

「それは」

「まおう、と、ゆうしゃ、って、なんですか」

まるで人が変わったかのような千穂《ちほ》の声色に、真奥《まおう》も恵美《えみ》も圧倒されてしまっているし、答えあぐねていた。

昨日見たアニメの話。

共通の趣味の漫画や映画。

そんな陳腐な言い訳は、およそ通用しそうになかった。

だからといって、こんな状況で『魔王』だ『勇者』だなんて真面目に話して受け入れてもらえるとも到底思えない。

「真奥《まおう》さん」

「あ、ああ」

答えあぐねる二人に痺《しび》れを切らしたのか、千穂《ちほ》は少し苛立《いらだ》ったように恵美《えみ》を見た。

「この人、この前真奥《まおう》さんちに来ていた人ですよね。真奥《まおう》さんの携帯に、電話してきた」

「う」

「そ、それは」

魔王と勇者は、自分がこれほど嘘《うそ》をつけない性格だっただろうかと焦《あせ》る心で自問する。

これでは自白も同然ではないか。

「笹北《ささきた》の生徒じゃ、ありませんよね」

千穂《ちほ》の瞳に、剣呑《けんのん》な色が宿る。

「そ、そんなことないわよ！　わ、私はこの学校の二年の……！」

「あ、おいっ！」

緊張に耐えられない性格でもなかろうに、どうしてこういうことになるのだ。

恵美《えみ》は泳ぐ瞳で最悪の嘘《うそ》を放ってしまう。

「……じゃあ、何組ですか」

胡散《うさん》くささの増した視線で睨《にら》む千穂《ちほ》に、

「…………えっと」

「（G、G、G）」

即座に嘘《うそ》の壁にぶち当たった恵美《えみ》が横目で助けを求めてきて、真奥《まおう》は口の動きだけでなんとかそれらしいクラスを伝えようとする。

G組は、公立高校には珍しい英語教育に特化したクラスで、三年間通してクラス替えの影響を受けない。

それ故に良くクラスがまとまっており、悪く言えば閉鎖的で、他のクラスとは部活動や委員会活動などを通してしか交流が無い生徒が多いのだ。

「……ぎ、ぐ、ご、五組よ！」

「〜〜〜っ!!」
G、の口の形から何故《なぜ》アルファベットの音を取って「ご」などと言ってしまうのか。そこはせめて同じイ行の「に」組だろうに。
だがどちらにせよ、真奥《まおう》は視界の隅で、千穂《ちほ》の疑念が確信に変わるのがはっきりと分かった。

「……うちの学校のクラスは、アルファベット分けです」

「………………………」

空気が凍るとは、まさにこのこと。

というか恵美《えみ》は、そんな基本的なリサーチすらしていなかったのか。

「…………………おい恵美《えみ》、諦めろ」

「真奥《まおう》さん？」

真奥《まおう》は両手を上げて、大きくため息をついた。

「諦めるって、そんな」

そして渋る恵美《えみ》を睨《にら》み上げる。

「このまま嘘《うそ》が通ると思っちゃいねえだろ。不法侵入で警察の厄介になるのは、お前だって嫌だろ。俺も、ちーちゃんに疑われたまま後の学校生活すんの嫌だし」

「で、でもそんな、本当のこと話したりして、もし何か危ないことが……」

「もう起こった」

真奥《まおう》がぴしゃりと言い放ち、恵美《えみ》は言おうとしていた言葉を呑《の》み込《こ》む。

「俺達が口をつぐんでいようがいまいが、何か起こるときは起こる。世の中は俺達の都合なんか考えちゃくれない。この前の車の事故がいい例だろう」

真奥《まおう》が言うのはもちろん、真奥《まおう》と恵美《えみ》が笹塚《ささづか》で劇的な再会を果たし、笹幡《ささはた》北高校の昼食事情を悪化させたあの暴走事故だ。

「俺はあんなことが無きゃ、お前に会わずにすんでたんだ。でも、きっとあのことが無くても今日のことは起こった。なら、俺はちーちゃんに全部話して、自分の身の処し方を決めたい」

「み、身の処し方って、真奥《まおう》さん⁉」

急に話が訳も分からず重い方向に進みはじめて、今度は千穂《ちほ》が慌てる。

「まさか学校辞めるとか言いませんよね⁉　言わないでくださいよっ⁉　私そんなの嫌ですよ⁉」

「それもある意味ちーちゃん次第というか、いや、別に辞めるって決まったわけじゃ、その、とにかくちょっと離れてくれねぇ？」

「え？　あ、す、すいません！」

気がつけば千穂《ちほ》は、ベッドの傍《かたわ》らに座る真奥《まおう》をそのまま押し倒しそうな勢いで身を乗り出していたのだ。

顔を赤くして座り直す千穂《ちほ》に、真奥《まおう》も咳払《せきばら》いしながら改めて向かい合って、

「さて、どこから話したものかな……やっぱり、このバカのことからか」

「誰がバカよ！」

反論する恵美《えみ》の顔も少し赤くなっているのは、やはり今日の自分があまりに色々と軽率であると自覚してのことだ。

「ずっと、気になってました。その、多分ですけど、この前真奥《まおう》さんの家に上がって、従兄のお兄さんに怒鳴られてた人ですよね」

「そうだよ。俺の顔の怪我《けが》、こいつがアパートの階段から転がり落ちたのが原因といえば原因でさ……」

「最近の私、一体何してるんだろう……」

自分を許する言葉の散々さに恵美《えみ》は一人落ち込んでいる。

「昔の知り合いってのは本当なんだ。ただ、世話になった、の意味合いがな……っと」

蹲《うずくま》ってしまった恵美《えみ》は放置して、真奥《まおう》が疑念と困惑の表情を浮かべる千穂《ちほ》に話を始めようとしたそのときだった。

誰かが保健室のドアを叩《たた》いたのだ。

「あれ、安藤《あんどう》先生か荏島《えとう》先生かな。ちーちゃん倒れたから、一応病院連れてくって話らしいんだよ」

「えっ？　そんな、そこまでしなくても……私もうなんともないですよ？」

病院とは大げさな、と思う千穂《ちほ》だったが、

「いいえ、行っておいた方がいいわ。きちんと検査を受けて、体に異常がないかどうかチェックしてもらって」

真奥《まおう》と言い争っていた謎の女子生徒もどきが、思いがけず真剣な顔でそう言うのだ。

「え、で、でも……」

「今までのこと、ちゃんと謝って、きちんと話せることは話すから、とりあえずは、お願い」

「……は、はい……」

真に迫った物言いに思わず首を縦に振る千穂《ちほ》。

「俺も、なんなら病院まで一緒に行くからさ……はい、どうぞ！」

ノックの主を待たせるわけにもいかないので、真奥《まおう》は外に向かって声をかける。

だが、入ってきたのは安藤《あんどう》でも荏島《えとう》でもなく、真奥《まおう》の見知らぬ男子生徒だった。

「失礼しまーす」

間延びした声と共に入ってきた小柄な男子生徒は、きょろきょろと室内を見回し、すぐに真奥《まおう》達に目を留める。

「あ、あれ」

最初にその生徒の正体に気づいたのは、千穂《ちほ》であった。

「どうして……」

「ああ、さっきの火事の火元近くで生徒が倒れたって聞いてね。ちょっとお見舞いに」

「え？」

「は？」

真奥《まおう》と恵美《えみ》は疑問の声を上げたが、千穂《ちほ》は何を納得したのか、

「そ、そうですか。わざわざありがとうございます」

と、少しよそよそしい感じで、その男子生徒にお礼を述べる。

「見たところ、何ともないみたいだね」

「は、はい」

男子生徒は、ゆっくりと近づいてくる。

その目は真《ま》っ直《す》ぐ千穂《ちほ》だけを見ており、真奥《まおう》や恵美《えみ》には一顧だにしない。

「ところで」

見知らぬ生徒の出現につい顔を逸《そ》らしていた恵美《えみ》は、横目だけで相手を警戒しようとして、

「火事の現場でのことだけど」

「はい」

「あ、あの」

千穂《ちほ》に妙に近づこうとする生徒を真奥《まおう》が止めようとしたところを見る。

「何か、妙なものを見なかった？」

その男子生徒は真奥《まおう》と恵美《えみ》には一瞥《いちべつ》もくれず、掌《てのひら》を千穂《ちほ》の顔の前にかざす。

「妙な……もの」

千穂《ちほ》が少しだけ身を引きながら記憶を探るのと、

「魔王っ!!」

恵美《えみ》の悲鳴と、

「っ！　ちーちゃんっ!!」

「真奥《まおう》さん⁉」

真奥《まおう》が千穂《ちほ》と男子生徒の間に割って入ったのはほぼ同時だった。


「んんっ⁉」

二年A組の教室でHRをしていた安藤《あんどう》は、校舎を揺るがす振動と、再び鳴りはじめた火災報知機の騒音に頭を抱えた。

佳織《かおり》や義弥《よしや》、他の生徒達も不安そうに顔を見合わせる中、安藤《あんどう》は、

「今日は一体なんなんだ‼」

そう叫ばずにはいられなかったのだった。


「大丈夫か、ちーちゃん！」

真奥《まおう》は腕の中に抱えた千穂《ちほ》の無事を確かめるが、

「ままままままままま真奥《まおう》さんっ⁉　いいいいいいい一体何がががが⁉」

真奥《まおう》にしっかりと抱きしめられた千穂《ちほ》は顔を真っ赤にして、舌が麻痺《まひ》したように回らなくなってしまっている。

それが状況を理解できない混乱によるものなのだとしたら、それもやむを得ない。

今の今までいた保健室が突然大爆発したら、誰だってそうなる。

「僕は、ショックなものを見ただろうその生徒の記憶をちょーっと消そうとしただけなのに」

声は、少し高いところから降ってきた。

「なんで、お前がこんな所にいるのさ」

冷たい、どこか幼い、だが威圧的な声。

「それは、こちらのセリフよ」

制服のあちこちを焼けこげさせた恵美《えみ》が、真奥《まおう》と千穂《ちほ》を背後に庇《かば》いながら言う。

「悪魔大元帥ルシフェル……！　私が倒したはずなのに、一体どうしてあなたが笹塚《ささづか》で高校生をしてい……」

恵美《えみ》はそこまで言ってから、ふと後ろを睨《にら》む。

「最近、似たようなこと誰かに言ったわね」

「な、なんだよ」

狼狽《うろた》える真奥《まおう》からはすぐに目を離し、恵美《えみ》は保健室の壁を粉砕して空中に浮かぶ、学ラン姿の生徒を睨《にら》む。

元から人間に近い顔立ちをしていたその顔を、服装が変わったからといって忘れはしない。

「それなら僕はさらにそのセリフを返そう。エミリア、お前うちの学校の生徒だったんだ」

「う、うちの学校だぁ⁉」

驚いたのは真奥《まおう》である。

「そっちの二人は、二年A組の真奥貞夫《まおうさだお》と佐々木千穂《ささきちほ》だよね。でも、エミリア、お前の顔には見覚えが無い。どこのクラスだ」

「……？」

このときのルシフェルのセリフに、恵美《えみ》は微《かす》かな違和感を覚え、真奥《まおう》も同じように眉を顰《しか》めた。

「に……二のGよ」

だが、その違和感を問いただしては、話がややこしくなるかもしれない。

恵美《えみ》は、今度はクラス分けを間違えずに答えるが、

「二年G組？　嘘《うそ》つけ」

だが、ルシフェルは眉根を寄せて、恵美《えみ》の嘘《うそ》を一笑に付した。

「それは僕のクラスだ」

「ちょっ……！」

恵美《えみ》は真奥《まおう》を非難の目で見るが、真奥《まおう》にすればやや閉鎖的なG組であるとの言い訳は普通クラスの千穂《ちほ》相手だから思いついたことだ。

まさか当の二年G組の生徒相手に通用するはずが無い。

だが、それ以前にまず、ルシフェルが二年G組というのはどういうことか。

そもそも死んだはずのルシフェルが生きているだけでも驚きなのに、この笹幡北《ささはたきた》高校の生徒であるようなことを言い出すだけでなく、真奥《まおう》と同学年とは。

「一体どういうことだ……あいつが、一体いつから笹北《ささきた》に……」

そんな真奥《まおう》の疑問に答える声は、すぐそばからやってきた。

「ま、真奥《まおう》さん、生徒会長と知り合いなんですか……」

千穂《ちほ》の恐怖に満ちた声。

だが、真奥《まおう》も、そして恵美《えみ》も、その内容に思わず息が止まり、

「「せ、生徒会長～!?」」

思わず声を揃《そろ》えて叫んでしまう。

「去年、学校初の一年生会長に就任した、漆原半蔵《うるしはらはんぞう》君……でも、あんまり学校内でその姿を見たことある人がいなくて、私も生徒会選挙のときくらいしか見たことないですけど……」

昨年の生徒会選挙なら、真奥《まおう》も一生徒として参加していたはずだ。

それなのに、どうして自分には記憶が無いのだろうか。

「でも、どうして会長が空飛んでるの……」

千穂《ちほ》にとっては人間が空を飛んでいる光景が不思議で仕方ないが、真奥《まおう》と恵美《えみ》にとってはルシフェルが笹北《ささきた》で生徒会長を張っている方がよほど奇妙だ。

「話せば長くなるけど、そこの女さえいなければ君の疑問には答える必要なくなるはずだったんだけどね」

ルシフェルはにやりと笑って、千穂《ちほ》を見る。

「お前、僕が旧校舎の火事から飛び出してくるの、見ただろう？　放っておいても良かったんだけど、万一に備えて変なもの見たって記憶を消してやろうと思ったら、僕にとってはまさかの事態さ」

「……」

恵美《えみ》はルシフェルの視線を受けて油断なく身構える。

「僕、一応正式にここの生徒なんだけど、それでも戦う気？」

「冗談言わないで。人間に紛れて、今日一日で二度も建物壊して、誰がそんなこと信じると思うの。信じたとしても、それがあなたを見逃す理由にはならないわ。一体どういうつもりで高校生なんかになってるの！」

「ん——……まぁ、旧校舎の火事は僕も予想外というか不可抗力だったんだけど……一つにはエミリア、お前を探すためかな」

「……なんですって？」

「僕を殺さずに匿《かくま》って、今回お前を始末するために探させて、あとついでにさっきの旧校舎の火事の原因を作った、そんな『人間』がいるんだよ」

ルシフェルは人間という単語を敢《あ》えて強調する。

「勇者エミリア。お前の抹殺はエンテ・イスラの意思だ。今日いきなりここでってのは僕も色々予想外だったけど、この地域でできる仕込みも十分行ってきた。あとは……」

その瞬間、ルシフェルの背に翼が大きくはためき、保健室の中に嵐が吹き荒れる。

「きゃあああああっ!?」

「うぐっ！」

「ぐ！　ふ、二人共!!」

最初の爆発で、恵美《えみ》の展開した聖法気《せいほうき》の結界はかなり損耗していたようだ。

二撃目に耐えられず魔力風が結界を貫き、恵美《えみ》が背後に庇《かば》っていた千穂《ちほ》と真奥《まおう》が思い切り壁に叩《たた》きつけられてしまう。

「ぐ、お、俺は、大丈夫、だ」

さすがに真奥《まおう》は、腐っても魔王だから人間の脆《もろ》い体を襲う激痛にも耐えたが、

「う……」

魔力中毒を起こし体力が回復しきっていなかった千穂《ちほ》は、衝撃で声も上げられない。

真奥《まおう》が庇《かば》って尚《なお》、その衝撃は女子高生の体に大きくダメージを残したようだ。

「お互いに、力を発揮しきれないこの異世界で、どれだけ戦《や》り合えるか試してみるかい？　セント・アイレ帝都のリベンジマッチだ！」

「……いい度胸じゃないの」

恵美《えみ》は、背後の様子を気にしつつも、もはや考えている場合ではないと悟った。

真奥《まおう》や芦屋《あしや》とは違う。

ルシフェルは、明確に恵美《えみ》に対して敵対し、魔力で戦いを挑んできている。

真奥《まおう》や芦屋《あしや》のような、理性的な対話はおよそ望めない。

「凄《すご》く、癪《しゃく》だけど、どうしようもないわね」

恵美《えみ》は大きく息を吸い、覚悟を決めた。

「本当は、あなたなんかに使うために取っておいたんじゃないんですからね！」

「おいっ！　これ以上保健室を壊さないでおいこらうわっ！」

真奥《まおう》の制止を振り切って、

「顕現《けんげん》せよ！　我が力！　悪を滅《めっ》さんがため！」

凛《りん》とした宣言に応え、恵美《えみ》を中心に嵐が巻き起こる。

「う、おっ……」

ただの突風で、悪魔たるルシフェルがよろめくはずがない。

恵美《えみ》が巻き起こしたその力は、

「聖法気《せいほうき》……」

「私は勇者。世界が変わっても、学校の中でも、その真実は変わらないっ！」

崩壊した保健室の中に、もう一つの太陽が現れた。

蒼銀の絹糸の如《ごと》く輝く髪、大きな瞳が如何《いか》なる魔をも打ち抜く緋色《ひいろ》の視線を放つ。

恵美《えみ》の右手から閃光《せんこう》が奔《はし》り、それは剣の形を取った。エンテ・イスラ大法神教会《だいほうしんきょうかい》が古《いにしえ》より保管していた天界の金属〝進化の天銀《てんぎん》〟を体内に取り込み、聖法気《せいほうき》と呼応させる術だ。

〝エミリア・ユスティーナ〟の『天銀《てんぎん》』が形作る剣の名は〝進化聖剣・片翼《ベターハーフ》〟。

その身を鎧《よろ》う黄金の光こそは、熾天使《してんし》の翼を織って作られた、天の血を引く勇者だけが纏《まと》うことのできる破邪《はじゃ》の衣《ころも》。

「剣の成長が……第一段階以上にはできないか。ちょっと、不安かな」

刺突剣のような細身の聖剣。腕と脚しか覆わぬ破邪の衣は想像以上に頼りない。

しかも、笹幡北《ささはたきた》の女子生徒の制服の上から纏《まと》っているため、見た目も大分ちぐはぐだ。

「まぁいいわ。この際見た目なんて気にしてられない」

「見た目以外に気にするところはいくらでもあると思うんだが……」

真奥《まおう》がそう言いたくなるのも無理はない。

壁と窓が壊れるだけでも大事故なのに、養護教諭のデスクやベッド、観葉植物、体重計、身長計、ロッカーその他ありとあらゆるものが、魔力と聖法気《せいほうき》の圧力で壁際《かべぎわ》に押しのけられてしまっている。

「い、一体何が……」

そのとき、千穂《ちほ》がようやく身を起こして周囲を見回した。

その途端に、

「ルシフェル、覚悟っ!!」

夜空を飛ぶ流星のように光の尾を引いた恵美《えみ》が、いや、エミリアが、超スピードでルシフェルの壊した壁にトドメをさしながら外に飛翔《ひしょう》してゆく瞬間を目撃してしまう。

「………い、今のは……」

千穂《ちほ》の質問に答えてやりたいところだが、正直真奥《まおう》にも分からないことが多すぎて、どこから手をつけて良いか見当もつかない。

ただ一つ、やらなければならないことがある。

「……恵美《えみ》が切り札切ったんだ。俺も何かしなきゃ、男が廃《すた》るわな」

真奥《まおう》はそう言うと、ポケットから携帯電話を取り出し、電話帳のある項目を開いて千穂《ちほ》に手渡す。

「真奥《まおう》さん？」

「ちーちゃん悪い。これ、俺の兄貴、芦屋《あしや》四郎《しろう》のバイト先の電話番号。兄貴を呼び出して、一字一句正確に、こう伝えてくれ」

そして真奥《まおう》は、その短い伝言を口にすると、

「じゃ、頼んだぞ」

「ま、待ってください真奥《まおう》さん！　一体どういう意味が……」

「……今は言えない」

保健室の壁に空いた巨大な穴の際で、真奥《まおう》は少しだけ悔しそうに拳を握る。

「でも、ちーちゃんは……この学校は、必ず守る。全部終わったら、信じてもらえるかどうか分からないけど、全部話す」

「真奥《まおう》、さん……」

「じゃあな」

そう言って、もはや千穂《ちほ》の制止が効かぬ場所へと飛び出してゆき、その瞬間、

「きゃあっ⁉」

校舎の外から、交通事故が連続で起こったかのような、激しい打撃音が連続して聞こえはじめる。

何か、およそ常識にかからない事態が起こっている。

大変なことが起こっている。

そんな折、この事態を説明できるらしい真奥《まおう》から託された用がある。

さして深く考えてのことではない。

だが、それをやらねばならぬ気がした。

「あ、あの、もしもし！　ひっ！」

外から聞こえる常識外の音に怯《おび》えながら、なんでこんな普通の電話をかけているのだろうと、千穂《ちほ》は頭の中で自問する。

「あ、あの、そちらに芦屋《あしや》さんって方が……は、はい。弟のさ、貞夫《さだお》君からの伝言がありまして、あ、私、貞夫《さだお》君の同級生の佐々木《ささき》と言います」

真奥《まおう》の下の名を呼び慣れていないので、こんな場合なのについ赤面してしまう。

「え？　私に電話？」

ランチタイムを前に、ソースの残量の点検をしていた芦屋《あしや》は、店長の木崎《きさき》が差し出した電話の子機を不思議そうに見つめる。

「弟さんの学校の同級生だと言うんだが……」

木崎《きさき》もやや釈然としない様子だったが、とにかく芦屋《あしや》は子機を受け取り首を傾《かし》げながら受話器を耳に当てる。

「もしもし、お電話代わりました。私が芦屋《あしや》で……ああ、佐々木《ささき》さんでしたか。先日は折角来ていただいたのに失礼なことを……は？」

知らない相手ではなかったため、少し緊張がほぐれる芦屋《あしや》だったが、次の瞬間、思い切り顔を強張《こわば》らせる。

「ま、待ってください！　学校が火事⁉　そ、それで弟の伝言とは……」

傍《かたわ》らで様子を見ていた木崎《きさき》も、その穏やかでないワードに表情を硬くすると、壁に下がっているシフト表と睨《にら》み合いを始めた。

だが、芦屋《あしや》にとっての問題はその先であった。

佐々木千穂《ささきちほ》の口から出てくるはずのない単語が飛び出てきたのだから。

「……ルシフェルとエミリアが、笹幡北高校《ささはたきたこう》で戦っている。弟は、そう言えと言ったのですね？」

「ふ、ふふ！ 結構やるじゃないか！ お前、サタンとの戦いの後、一年以上も聖法気《せいほうき》回復してないんだろ⁉」

「どうして、あなたが、それを知ってるのか、後で洗いざらい、全部答えてもらうわよ！」

上空の強い風に晒《さら》されながら、笹塚《ささづか》の町と笹幡《ささはた》北《きた》高校を眼下にしながら、ルシフェルとエミリアは対峙《たいじ》していた。

※

一年ぶりの空中戦でも、エミリアの肉体は全く衰えていなかった。

激突で力負けすることは無かったし、エミリアが想像した通り、ルシフェルは決して往時の力を持ってはいなかった。

熱線の放射にキレがなく、飛翔《ひしょう》速度もかつてほどではないのだ。

そうでなければ、魔王サタンとの最終決戦から全く力が回復していない自分がこれほど競《せ》り合えるとは思えなかったし、学校にも多くの被害が及んでいただろう。

空中戦はルシフェルの得意分野であったが、ある程度の高空で戦えるのならば必要以上に人に見られずに済む。

だが一方で、エミリアは妙なことに気づいていた。

何度も手傷は負わせている。

それは切り裂かれた制服が証明している。

だがその内側の傷が、どうも時間の経過で治癒されているらしいこと。

今更確認するまでもないが、魔王やアルシエルがあの状態である以上、この世界では魔力を補給する方法は無いはずである。

だが今のルシフェルは、どう見ても魔力を補給しているとしか思えなかった。

何せ治癒の魔術やそれに類する行動をしていないのに、勝手に傷が治ってゆくのだ。

「ついでに！　その、魔力の、出どころもねっ！　はあああああ!!」

「ぐっ!!」

聖剣の刃が放つ炎の弾丸の一発が、ルシフェルの翼を捉えた。

「くそっ！」

ルシフェルはエミリアと距離を取ろうとするが、

「……？」

すぐに軌道を変えてエミリアのさらに上を飛び、背後に回る。

普通なら、わざわざ裏に回るような攻撃をするより、こちらを牽制《けんせい》しながら距離を取る場面だ。

「どういうことだ……？」

その動きは、地上から真奥《まおう》も見ることができた。

派手な魔術や法術のぶつかり合いが無いため地上からは戦況が読みにくいが、それを差し引いてもルシフェルの動きは不自然である。

「でも、どういう思惑があるにしろ、どっちがどうキレて何するか分からないからな……」

そう呟《つぶや》くと、真奥《まおう》は首と肩を鳴らして、校庭の地面に掌《てのひら》を置く。

「ん……？」

置いた掌《てのひら》に妙な違和感を覚えたが、まずは『対策』を施さねばならない。

「一体何がどうなってんだか、今までどこで何やってたか、恵美《えみ》にコテンパンにしてもらったらたっぷり絞り上げてやっからなあの野郎」

他人任《ひとまか》せすぎる独り言の後に、

「そら、お前はもう逃げられない」

真奥《まおう》の掌《てのひら》から灰褐色の魔力の帯が広がり、それは笹幡北《ささはたきた》高校の校庭の敷地《しきち》の形を取って、真《ま》っ直《す》ぐ天まで伸びはじめる。

「なっ⁉」

「これは……」

驚いたのは空中で戦っていた二人である。

あれよあれよという間に灰色のオーロラが周囲を覆い尽くし、その発生源は一人の男子生徒なのだから。

「これは……魔力結界？」

エミリアは即座に、光の柱の正体を見抜く。

二人の戦いの被害が周囲に及ばないよう真奥《まおう》が張り巡らせたものだろう。

規模からいえば、学校の校庭とその上空百メートル程。

魔王サタンの張る結界としては甚だお粗末で小さいものでしかない。

恐らくこれが、彼の今の限界なのだろう。

「……後で、しっかりじっくり尋問しないと」

それでも、魔力は魔力だ。

やはりエミリアに分からぬよう、魔力を温存していたのである。

「でもまぁ、手加減はしてあげるわ」

魔力結界の強度は決して強くなく、放射魔力も普通の人間がぎりぎり正気を保っていられる程度である。

校舎からは距離を取って張られているし、この一事をもってしても、真奥《まおう》が本心からこの学校を守ろうとしているのがよく分かった。

「まったく、どこまでもフザけてるわね」

隠そうと思えば、隠し通せたはずだ。

エミリアの知る魔王サタンなら、こんな場面で自分の虎の子を出すようなことは絶対にしないはずだった。

今、エミリアに魔力の保持が露見して、真奥《まおう》が得することなど一つも無いのだから。

だが、真奥《まおう》はそれをした。

見ると校庭の真ん中で胡坐《あぐら》をかいて息を切らしている。

相当無理をしているのだろう。

この程度の魔力結界なら、今のエミリアでも簡単に破れるし、ルシフェルだってそうだろう。

だが、それでも流れ弾が周囲に拡散する心配が減るし、何より、

「ど、どういうことだよこれは!!」

ルシフェルの動揺を、思い切り引き出せた。

最初から妙だと思っていたのだが、ルシフェルは真奥《まおう》を見ても彼が魔王サタンであると気づかなかったようだ。

真奥《まおう》は確かにルシフェルに比べて外見が大きく変化しているため気がつかなくても不思議はないし、魔力に関しては、エミリアも今の今まで気がつかなかったのだから感知していなかったのだろう。

そうするとやはり新たな疑問が湧く。

ルシフェルの生存に、真奥《まおう》は関与していない。

そして今のルシフェルは、全力を出したくても出せない状況である。

ならば、あの火事のときに感じた、千穂《ちほ》が中毒を起こすほどの魔力残滓《ざんし》は一体なんなのか。

だがそれらの疑問を解決するのは後回しだ。

「あなたの知らない悪魔でも、潜んでるんじゃないの？」

「僕の知らない悪魔ぁ？」

「どちらにしろ、私には好都合だわ！　観念して、私に斬られなさい！」

「フザけろよ！　返り討ちにしてやる‼」

エミリアの聖法気《せいほうき》の高まりを感じ、ルシフェルもまた魔力を高めてゆく。


「……おかしいぞ。やっぱりあいつ、ほんの少しだけど魔力を補給してやがる」

地上から戦いを見上げる真奥《まおう》は、結界にかかるルシフェルの魔力圧を感じて顔を顰《しか》めた。

エンテ・イスラや魔界にいたときの何十分の一程度であるが、それでも確実に、ルシフェルに伝わる魔力の補給路がある。

結界を張って尚《なお》それが断たれないということは、

「学校内か⁉」

真奥《まおう》ははっと校舎を振り返るが、保健室の爆音によると思われる不安の感情こそ感じ取れるが、それが直接的にルシフェルの力になっている気配は無い。

人間の負の感情は、悪魔にとって大きな魔力の補給源となるのだ。

だが日本は極めて平和な環境が整っていて、滅多なことでは大きな負の感情が巻き起こることが無い。

先ほどの火事のときですら、ほとんどの生徒が自分の身の心配など微塵《みじん》もせずに、不謹慎なほどに非日常感を楽しんでいたことからもそれは明らかだ。

「なら……さっきのは」

真奥《まおう》は、先ほど結界を張る直前に感じた違和感の正体を探るべく、地面に手を当てる。

「……これは、近いな」

奇妙な負の感情の流れがある。

恐れや悲しみ、怒りなどではない。

これまであまり糧《かて》にしたことのないタイプの感情だ。

その発生源を目で追って、真奥《まおう》はある一点に目を留める。

それは結界の端。

校庭と校舎の間にある、生徒達から『中庭』と呼ばれるスペースであった。

そこに、奇妙な感情の澱《よど》みがある。

「ああ」

真奥《まおう》は気づいた。

まさかこんなことが、わずかとはいえ魔力の供給源になるなどと、思いもしなかった。

「そうだな。辛いよな」

そこは、いつも昼休みになると、米屋《よねや》パン店が移動販売車を停《と》めていた場所なのだ。

普段、日本に生きていれば全く意識することはない。

いや、ともすれば『日本は恵まれている』と聞かされるような話ですらある。

それでも。

「飯食えないってのは、しんどいよな」

飢餓感。

それがルシフェルが微《かす》かでも魔力を補給できている原因であった。

日本は飽食の国で『飢餓』や『餓死』といったことから極めて縁遠い国である。

そんな日本で『飢餓感』の感情が果たしてどれほどのものなのか。

結論から言えば、悪魔の感じる人間の『飢餓感』は、平和で豊かな国も、貧しく乱れた国も、変わらなかった。

生きるための食糧を求める欲求自体は、当然貧しく乱れた国の方が圧倒的に強い。

だが、ごく単純な、

『お腹《なか》が空いた』

という不幸せな感情の質には、ほとんど地域差は存在しなかった。

笹幡北《ささはたきた》高校は、米屋《よねや》パンの移動販売の休業により昼食事情が急激に悪化した。

家庭の事情もあってすぐに対応できる生徒ばかりではないし、学校は未《いま》だに有効な対策を打ち出せておらず、学食のメニューも月間予算というものがあり、いきなり増やすわけにはいかない。

そもそも学食にも許容スペックというものがあり、米屋《よねや》パンの不足分を補うだけの設備も人員も足りていないのが現状なのだ。

実際に真奥《まおう》も昼食を取り損ねたし、もしかしたら教員にも米屋《よねや》パンに昼食を依存していた者がいるかもしれない。

『お腹《なか》が空いた』

というシンプルな負の感情は、この数日で急激に生み出されている。

ルシフェルは、この飢餓感を呼び水にして、クジラがプランクトンを栄養素とするように、平和な世界で霞《かすみ》を吸うように魔力を集めていたのだ。

「ん？　待てよ」

すると、これまで全く別の出来事として考えていたものが、パズルのように真奥《まおう》の頭の中でがっちりと嵌《はま》る。

『この地域でできる仕込みも十分行ってきた』

と、ルシフェルは言った。

そして、恵美《えみ》との戦いの間も、なぜか学校上空から離れようとしなかった不自然な挙動。

「……まさか……まさか！」

真奥《まおう》の腹の底に、唐突に巨大な怒りが燃え上がる。

「あの、あの野郎まさか！」

その目に灯《とも》る怒りの炎が向けられる先は、

「だとしたら……許さねぇぞ」


「ん？」

「……何？」

ルシフェルと恵美《えみ》の動きが止まり、視線が地上に向く。

魔力が、吹き上がってくる。

それは決して、絶望的なほど強大なわけではない。

だが、ルシフェルにとっても、恵美《えみ》にとっても、その冷たい魔力は背筋を凍らせずにはいられないものであった。

「う、嘘《うそ》だろ」

エミリアよりも、ルシフェルの方が、遥《はる》かに動揺が深い。

「き、聞いてないぞ、こんな話」

ゆっくりと、地表から浮かび上がってくるのは、日本中どこにでもいそうな学生服の少年だ。

だが、その側頭部にあるものは、恐らく世界中探しても見つかるまい。

角だ。

側頭部から生える二本の角。

片方は、かつての戦いでエミリアが聖剣で切り飛ばしたまま、断面が痛々しく覗《のぞ》いている。

だがそれが逆に、彼が『それ』であることの証拠であった。

「魔王……」

「さ、サタン……」

エミリアとルシフェルの声が、重なる。

「ようやく思い出してくれたか。ああ？」

声も真奥貞夫《まおうさだお》と変わらぬ少年のものだが、纏《まと》う魔力は、悪魔なら誰しもひれ伏さずにはおれない魔王サタンのそれであった。

「どーも、生徒会長サマ！　二年A組真奥貞夫《まおうさだお》、ご挨拶が遅れて申し訳ありませんね」

「え、あ、いや」

ルシフェルが慄《おのの》くほど、二人の魔力総量に差があるようには思えなかった。

だが、それでもサタンには、ルシフェルをひれ伏させずにはおれない何か奇妙な威厳があるのだろうか。

双方が笹幡北高校《ささはたきたこう》の学ランを纏《まと》っているせいで、ハロウィンに繰り出したヤンキー同士の壮大な喧嘩《けんか》にしか見えないのが玉に瑕《きず》だが、それでもエミリアだけは、今目の前にいる二人が恐ろしい悪魔であると知っている。

「な、なんでここに……」

「そいつは俺のセリフだよ。お前、西大陸でエミリアにやられて以降、まさかずっとここにいたわけじゃねぇよなぁ。あ？」

「い、いや、それは」

「ちょっと色々聞きてぇことがあるからよぉ……久しぶりの再会だ、ゆーっくり話そうじゃねえか。なぁ、恵美《えみ》も一緒にどうだ」

唐突な誘いに、エミリアは全く関心が湧かない。

「そいつを殴るのはご一緒するけど、その後はどうぞ男同士で楽しんで」

「ま、待てよ！　お前らなんだよ！　手ぇ組んでるのかよ！　おかしいだろ！」

「はぁ？」

ルシフェルの悲鳴に、真奥《まおう》は小馬鹿にしたように、肩を竦《すく》める。

「俺達が学生服着て喧嘩《けんか》してる時点で、それ以上におかしいことなんてねぇよ」

「それを言ったらもう何もかもおしまいよ」

同意半分、呆《あき》れ半分のエミリアは、聖剣を収めてすっと後ろに下がる。

「どうぞ、あとは譲るわ。言っておくけど、それで返り討ちにあったりしたら、お墓の前で指差して死ぬほど笑ってあげるから」

「墓建ててくれるってか。優しさで涙が出そうだぜ」

「く、くそっ‼」

ルシフェルはまさに足掻《あが》きと呼ぶに相応《ふさわ》しく真奥《まおう》に向かって紫光の熱線を放つが、真奥《まおう》はそれを顔に食らっても、微動だにしないどころか目すら逸《そ》らさなかった。

「心配は無さそうね」

肩を竦《すく》めるエミリアに、振り返らずに手を振ると、

「さぁてと」

真奥《まおう》は表情を強張《こわば》らせるルシフェル目がけて、大きく拳を振りかぶる。

「久しぶりだなぁ、この感覚」

「ま、待……」

「お前のやり口は許せねぇ。お前が生み出した魔力が、どれだけの無念を吸ったものかを身を以《もっ》て味わえや！」

往時とは比べるべくもない希薄な力。

だがそれでも彼は魔王。

一度魔力を吸いはじめてしまえば、ルシフェルに余る分などありはしない。

「おめぇも悪魔大元帥なら、潔《いさぎよ》く覚悟決めやがれ‼」

笹幡北高校《ささはたきたこうこう》に渦巻く魔力を拳に乗せた魔王の怒号と共に、闇が笹幡北高校《ささはたきた》の上空に乱舞した。

※

それから、一週間後。

「佐々木《ささき》、今日もいねぇのか」

「ねぇ貞夫《さだお》。あんた本当に何もしてないの？　こう言ったらあれだけど、ささちー間違いなくあんたのこと避けてるよ」

笹塚《ささづか》駅改札で、義弥《よしや》と佳織《かおり》は、真奥《まおう》と三人で沈んだ声を出す。

「……いや、だから俺は」

詰問《きつもん》と言うほど激しくはないが、それでも二人の問いに真奥《まおう》ははっきりと答えられない。

原因ははっきりしているが、言ったところで信じてもらえるはずもない。

火事があった日とその翌日は、緊急事態ということで学校が休みになった。

義弥《よしや》と佳織《かおり》を始めとした、あの日笹幡北高校《ささはたきた》にいた全ての人間にとって、あの日は火事しか起こっていないことに『なっている』。

「まさか貞夫《さだお》に限ってささちーに嫌われるようなことするとも思えないけど、何か心当たりがあるんだったら早めに仲直りしてよね。そうじゃないと、毎日お昼が不味《まず》くて嫌になるから」

最後は茶化すように言ってくれたが、それでも佳織《かおり》には間接的に迷惑はかけているだろう。

この一週間の千穂《ちほ》の真奥《まおう》に対する態度は目に見えて変わった。

口数は極めて少なくなり、真奥《まおう》の方を辛そうな顔で見ていると思えば、声をかけようとすると無理にでも用事を思い出してどこかへ行ってしまう。

何より大きな変化は、毎日の四人の登校が、三人になってしまったことだ。

そんな状態の千穂《ちほ》に付き合っている佳織《かおり》だって、自然その影響を受けてしまう。

恐らく毎日、不景気な顔の千穂《ちほ》を前に昼食を取っているのだろう。

「まぁ、この一週間忙しかったし」

「貞夫《さだお》、お前なぁ、うちの親父《おやじ》、忙しい忙しいばっかでしょっちゅうお袋と喧嘩《けんか》してるぞ」

よく分からない例を引き合いに出してくる義弥《よしや》を押しのけて小さく頷《うなず》く。

「それも今日で収まるから、そしたら……まぁ、なんとか隙見つけて、話してみるよ」

「そうしてよね。本当、頼むわよ」

佳織《かおり》に発破をかけられたはいいが、真奥《まおう》にはとてもではないが、千穂《ちほ》と元通りの関係に戻れるとは思えなかったのだ。

※

あの日、ルシフェルを一撃で黙らせ、全ての魔力を徴収した後。

真奥《まおう》は崩壊した保健室を完全に元に戻してみせた。

エンテ・イスラの魔王城を建設した身にとっては何ほどのことでもなかったが、問題は千穂《ちほ》であった。

「真奥《まおう》、さん……なんですか？」

「……ああ」

蒼白《そうはく》な顔の千穂《ちほ》の視線は、当然のように真奥《まおう》の側頭部から生える角に注がれていた。

「一体……どういう」

「それ以上近づいちゃ、ダメ」

そして、思わず近寄ろうとしたところを、横から伸びてきた手に止められる。

それは、真奥《まおう》が『恵美《えみ》』と呼んでいた、女子生徒の格好をしている女性だった。

「あなたは一度中毒を起こしてるの。今のこいつに近づいたら、今度は悪い形で再発するかもしれないわ」

「……分かりません。一体、なんの話をしてるんですか？」

『恵美《えみ》』は厳しい顔で千穂《ちほ》と、真奥《まおう》であるはずの角を持った誰かを何度か交互に見てから、言った。

「信じてもらえないかもしれないけど……彼は、人間じゃないの」

「人間じゃ、ないって、意味、分からない」

狼狽《うろた》えるのも仕方が無いし、恵美《えみ》としてもこれ以上言葉を重ねても千穂《ちほ》を混乱させることは分かっていた。

「……どうするの」

これは、真奥《まおう》に向けた言葉だ。

「……どうするもこうするも」

真奥《まおう》の形をした者は、何を問われているのか理解している顔で答えると、

「誰が見てたか分からねぇ。全部、無かったことにするしかねぇだろ」

「……随分大仕事だと思うけど」

「学校だけだ。外までは今の魔力じゃとても手が回らない」

「そう……それがあなたの判断なら、私は何も言わないわ」

すると恵美《えみ》は、少しだけ辛そうな顔で、千穂《ちほ》から離れる。

それと同時に、真奥《まおう》の両の手に小さな光が灯《とも》った。

それを見ている内に、千穂《ちほ》の意識が少しずつ遠のいていき、そして、

「……本当に、消したの？」

眠るように目を閉じて、その場に崩れそうになる千穂を恵美《えみ》が抱き留めた。

「こんなの、覚えてていいこと何もねぇだろ」

真奥《まおう》はなんでもないことのように言う。

真奥《まおう》は今、恵美《えみ》とルシフェルの戦いが始まったここ数十分の、校内にいる全ての人間の記憶を消したのだ。

戦闘の音や魔力結界などを目撃した生徒は多いだろうし、火事によって部外者も多く校内にいた。

真奥《まおう》達が把握していない目撃者も多いだろう。

魔王サタン本来の力があれば学校と言わず東京都全域の記憶を消去することも可能だろうが、今はこれが限界だった。

その限界は本当の意味の限界であったらしく、真奥《まおう》も青い顔をしてその場に座り込む。

いつの間にか頭部の角は消えており、今度こそ真奥《まおう》が、ほとんどの魔力を喪失したことが分かった。

「遅くとも、あと一時間くらいだろ」

「え？」

「……ちーちゃんに、芦屋《あしや》を呼んでもらった。バイトをどのタイミングで抜けられるかにもよ外るが、それくらいでこっちに来る。でもその間、俺はこの有様《ありさま》だ。正直座ってるのも辛い。

じゃルシフェルが伸びてる」

恵美《えみ》は、真奥《まおう》が何を言っているのか理解して、慄然とした。

「チャンスだぜ」

魔王討伐。

それが恵美《えみ》の、人生の目標。

今なら、誰にも目撃されず、その目標を達成できる。

恵美《えみ》は真奥《まおう》やルシフェルと違いまだ余力を残している。

これからやってくる芦屋《あしや》とて、敵ではない。

だが、恵美《えみ》の心の中には、はっきりと躊躇《ためら》いと迷いが生じた。

相手は魔王だ。

自分の故郷を蹂躙《じゅうりん》した魔王だ。

悪の権化《ごんげ》だ。

ここで断罪するのに、何を躊躇《ためら》うことがある。

「う……」

そうこうしているうちに、真奥《まおう》は本当に床に寝そべってしまう。

苦しそうな息も、とても演技とは思えない。

「あー無理しすぎた。眠い。ちょっと、寝る」

そして本当に、目を閉じて寝息をたてはじめた。

自分の命を狙う宿敵を目の前にして、完全に無防備な姿を晒《さら》している。

誰も見ていない。

千載一遇のチャンス。

恵美《えみ》の心臓が、早鐘のようになりはじめたそのときだった。

「……まお……さん」

恵美《えみ》の腕の中で意識を失っている千穂《ちほ》が、寝言のように呟《つぶや》いたのだ。

そのつぶやきは、まるで嘘《うそ》のように恵美《えみ》の心の動揺を鎮《しず》めた。

そうだ、何を躊躇《ためら》うことがある。

この状況で、自分がするべきことなど、一つだけではないか。


それから二十分後。

真奥貞夫《まおうさだお》の保護者、芦屋四郎《あしやしろう》を伴って保健室に現れた安藤《あんどう》教諭が見たのは、先ほどと変わらずベッドで寝息を立てる千穂《ちほ》。

そしてもう一つの、先ほど別の女子生徒が横になっていたベッドで、千穂《ちほ》よりもずっと青い顔をして眠っている真奥《まおう》の姿だった。

※

あのときの真奥《まおう》は、本当に体力の限界を超えて意識を失っていた。

残っていた魔力を無理に活性化させたせいで、未熟な人間の少年の体に大きな負荷がかかっていた。

恵美《えみ》に殺されても不思議でない状況であった。

だが、こうして生きている。

あれ以来、恵美《えみ》は真奥《まおう》の前に姿を現さない。

気配を探っても、近くにいる様子も無い。

だから未《いま》だにあの時、何故《なぜ》自分にトドメを刺さなかったのか、真意を問えないでいる。

一度、携帯電話に残った着信履歴に電話をかけてみたこともあるが、当然というかなんというか、向こうが電話を取らなかった。

そして、千穂《ちほ》である。

「……なんで、あんなことしちまったかなぁ」

真奥《まおう》は、千穂《ちほ》の記憶だけを残した。

あのとき確かに、全校生徒の記憶を、恵美《えみ》とルシフェルが戦っていた三十分弱の間の分だけ、消したのは間違いない。

だが、千穂《ちほ》だけは残した。

限界を超えた頭で行った魔術に、どこかミスがあったのだろうか。

いや、違う。

自分でもよく分かっている。

千穂《ちほ》だったから、大切な友達だったから、消したくなかった。

明るみに出た真実があるのなら、それを丸ごと知っていて欲しいと、相手が混乱することを承知で、大切な友達に自分の事情を押しつけた。

今となっては完全に魔力を喪失し、改めて千穂《ちほ》の記憶を消すこともできない。

「魔王が抱える感傷じゃねぇよなぁ」

真奥《まおう》は、人間だとしても青臭い自分の行動を、少し恥じ入るように振り返る。

あまりに恥ずかしくて、このことは未《いま》だに芦屋《あしや》に話せていない。

当然、いつかはバレてしまう話なのだが、いずれにせよ千穂《ちほ》が真奥《まおう》を避けている原因がそこにあるのに変わりはない。

今まで友人だと思っていた人間が、全く違う化け物かもしれないのだ。

それでいて周囲の態度はいつもと変わらない。

はっきり言って、恐怖以外の何物でもないだろう。

「……やっちまったなぁ。はぁ……」

真奥《まおう》は肩を落とすと、学校の昇降口で佳織《かおり》達と別れ、ある場所へと向かう。

見上げる札にあるのは『生徒会室』。

教室に行くよりも先に生徒会室に立ち寄るのは、昨日の時点で既に決まっていたことだった。

「入るぜ」

薄暗い室内の奥で、小柄な影がびくりと震える。

「よぉ、書類、受け取りに来たぜ」

「それが申請者側の態度かよ」

納得の行かない中にもどこか怯《おび》えが混じる表情を浮かべるのは、ルシフェルこと生徒会長の漆原半蔵《うるしはらはんぞう》であった。

「お前が俺に態度云々《うんぬん》言える立場か」

真奥《まおう》はわざとらしく体をゆすりながら、漆原《うるしはら》が座るデスクに尻を乗せる。

「おうおう、いい机だなぁおい」

「……ほら、これ」

完全に優等生に絡《から》む不良の図だ。

漆原《うるしはら》はそれには構わず真奥《まおう》に一枚の書類を差し出す。

真奥《まおう》はそれにざっと目を通し、ある一点に気づいて顔を顰《しか》める。

「おい、なんだよこの『仮決定』って。タイプミスかなんかか。購買部の設立は、認可されたはずだろうが」

真奥《まおう》が生徒会室を訪ねたのは、購買部の設立が職員会議で許可されたからであった。

火事の四日後に安藤《あんどう》から呼び出された真奥《まおう》は、活動期間一年という制限つきで購買部の設置を許可された。

その上で、部活動である以上予算獲得に生徒会の認可も必要、ということで、こうして訪ねてきたわけである。

思いがけず、漆原《うるしはら》生徒会長の存在は教員にも周知されており、むしろ何故《なぜ》自分が今まで気がつかなかったのか不思議なくらいだが、

「お前、去年の選挙の日に熱出して休んでたんじゃなかったか」

という、何ともバカバカしい回答が安藤《あんどう》からもたらされたりもした。

ともかく、職員会議で認められたのに部の設置が仮決定であるのはどういうことなのか。

「理由は二つ。まず、顧問がいない」

「あ？　顧問は安藤《あんどう》先生に……」

「安藤《あんどう》先生は無理。去年都大会でいいとこまで行ったハンドボール部の顧問だし、今年から教科主任になってる。とてもこんな面倒な新設部活動の顧問なんかやる暇ない。だから誰か別の

先生を当たって。これが一つ」

「……マジか」

「あと一つは、部員が足りない。お前を入れても、最低四人。うち一人は必ず一年生を加えること。これが絶対条件だ。これを一ヶ月以内に満たせなかったら、仮決定は解除される」

「解除はねぇだろ⁉ 根拠は何だよ⁉」

「考えれば分かるだろ。お前が病気や怪我《けが》で欠席したら？ お金に不備が発生したら？ 昼休みに活動する部なのに、月一の部活動会議には誰が出るんだ？ 部員が二年生ばっかりになったら、二年が行事なんかで動けないときはどうするんだ？ 二年の都合で昼食の総数を左右していいとでも？」

「……」

「三年生は受験もあるし、こんな妙な活動には従事させられない。三年生を入部させるなとは言わないけど、最低人数にはカウントしないからね。今言った条件を守らないと、購買部設立は白紙に戻ると思って」

　思った以上の合理的な回答に、さすがの真奥《まおう》も鼻白む。

「……案外お前、ちゃんと生徒会の仕事やってるのな」

「結果的にその方が面倒なかったからさ」

　しゃあしゃあと言い放つルシフェルだが、彼の学校生活は真奥《まおう》の想像の遥《はる》か上を行っていた。

まずルシフェルが日本に来たのは、真奥《まおう》とほぼ同時期であること。

そしてなんと、定期的にエンテ・イスラに戻っていたというのだ。

ゲートの問題をどうしていたのかというと、笹幡北高校《ささはたきた》の旧校舎、例の火事が起こった倉庫は、理由は分からないがゲート術の媒介である『天の階《きざはし》』と同じ機能を有していたらしい。

笹幡北高校《ささはたきた》の生徒間で囁《ささや》かれる話題の一つに、どこの学校にもありがちな七不思議があるのだが、その中に『消えた生徒』というものがある。

まだ新校舎が無かった男子校時代、成績優秀、品行方正の生徒が旧校舎から姿を消したというありふれたものだ。

それが関係あるのかどうかは分からないが、ゲート術を使えないルシフェルが頻繁にエンテ・イスラに帰れたのは、その支援者の力に拠《よ》る部分が大きいようだ。

支援者の正体が誰なのか『天の階《きざはし》』がどのような組織に属しているかを考えれば、ある程度見当がつくが、このことを知っているのは今のところルシフェル本人と真奥《まおう》だけだ。

あの火事の原因は、ルシフェルがエンテ・イスラで魔力を蓄積しすぎたことによるオーバーフロー、という見方が固まりつつある。

ゲートには運べる力の総量があり、ルシフェルの強い力がそれを超えてしまったのだ。

このことからも、ゲートを操っていたのがルシフェル本人ではないことが分かる。

「……まぁ、そういうことなら仕方ねぇや。しかし、あと二人か……誰かやってくれるかな」

「ん？　三人じゃなくて？」

頭を掻《か》きながら難しい顔をする真奥《まおう》に漆原《うるしはら》が問うと、逆に真奥《まおう》は当然のように言った。

「あ？　一人はお前に決まってんだろ」

「……え」

「お前な。そもそも購買部なんて立ち上げなきゃならなくなったの、お前のせいだってこと忘れたわけじゃねぇよな」

「……そりゃ、そうだけど」

真奥《まおう》と恵美《えみ》が再会するきっかけとなったあの暴走事故は、腹立たしいことにルシフェルが原因であった。

ゲートが運べる魔力の総量が少ないことに不安を抱いていたルシフェルは、日本でも魔力を回収できる方法を模索していた。

だが、真奥《まおう》達と同じで大規模な破壊や犯罪を犯せば日本の警察を退ける力が無くなるかもしれないし、そもそもルシフェルの当初の目的は恵美《えみ》の抹殺である。

それができなくなっては本末転倒だと考えた彼は、真奥《まおう》も気づいた普遍的な負の感情である『飢餓感』に目をつけた。

そして実験と称して、まずは笹幡北《ささはたきた》高校で飢餓感による魔力獲得が可能か確かめるために、わざと米屋《よねや》パンの移動販売車を待ち構えてあの改造車をけしかけたと言うのだ。

車の推進自体は魔力ではなく普通にエンジンをかけて暴走させただけであり、そのせいで真《ま》奥《おう》達が漆原《うるしはら》の魔力に気がつかなかった。

一方で漆原《うるしはら》の側も、その事故の裏で真奥《まおう》と恵美《えみ》が再会していようなどとは思ってもみなかったらしい。

そもそも漆原《うるしはら》は、あの日まで恵美《えみ》の居所を把握しておらず、まして魔王サタンが同じ学校の同じ学年に潜伏しているなどとは夢にも思っていなかった。

本来この辺りの事は『協力者』が調査する部分であったらしく、恵美《えみ》との戦いの後、気がついた漆原《うるしはら》は協力者の無力っぷりに腹を立てて、これらのことを半分は命乞いも兼ねて自白したのである。

『協力者』の正体について心当たりがあったらしい恵美《えみ》は、気丈に振る舞いつつもショックが隠せない様子だった。

最近姿を見せないのはそれが原因なのではと真奥《まおう》は予想している。

「米屋《よねや》のおっさんも、エンテ・イスラ絡《がら》みの話されたって困るだろうから、詫《わ》びを入れろとは言わねぇ。だが、この件に関しちゃお前、逃げられると思うな」

「……そんな」

漆原《うるしはら》は絶望的な表情を浮かべるが、それでも拒否しないのは、それができないことが分かっているからだ。

「お前な。米屋《よねや》パンが食えてねぇことで、俺や他の連中がどれだけ迷惑してるか分かるか。そうでなくたってお前は火事や保健室でのことで、ちーちゃんを危険に晒《さら》した。それだけでも万死に値するのを、入部するだけで許してやろうって言ってんだぞ」

真奥《まおう》は魔力を失ったが、彼の忠臣である芦屋《あしや》はその限りではないかもしれないことを、漆原はよく分かっていた。

恵美《えみ》よりも、同じ悪魔である芦屋《あしや》の方がいざというときの果断さは比べ物にならない。

現状、真奥《まおう》に逆らって、漆原《うるしはら》に得になることは何も無いのだ。

「な、俺、次の生徒会長狙ってんだよ。現会長のお前と協力して事業を成功させれば、俺の評価は一気に高まる。お前も現会長なら、自分のやったことの責任取って、学友達の生活環境改善に付き合え。いいな」

「……はいはい」

「返事は一回でいい」

「はーい!!　もうなんなんだよ！　この一年ちょっとで一体どうしちゃったわけ!?　性格変わりすぎでしょ!!」

「郷に入ってはってやつだよ。しかし、そうは言ってもこれは難儀だなぁ」

真奥《まおう》は仮決定の書類に記載された購買部設立の最終条件を見て、深くため息をついた。

「顧問の先生と、生徒をあと二人。これは、そもそも俺が考えたことだから、俺の責任で探す。

だが、メンツが集まったらすぐにでも動くから、お前もそのつもりでいろよ？」

「……分かったよ、あー……もう、こんなことなら、変な欲かかなきゃ良かった」

「過ぎたるは及ばざるが如《ごと》しだ。命があるだけありがたいと思え」

真奥《まおう》はそう言い捨てると、落ち込む漆原《うるしはら》を振り返ることなく生徒会室を出た。

出たところで、思わぬ二人連れと鉢合わせて、真奥《まおう》は息を呑《の》む。

「……っ」

いや、鉢合わせたのではない。

待ち伏せされていたのだろう。

「……おはようございます、真奥《まおう》さん」

「少し時間あるでしょ。ちょっと、顔貸しなさい」

いつも通りの千穂《ちほ》と、制服姿の恵美《えみ》だった。

※

中庭の、米屋《よねや》パン店が少し前まで来ていた場所で、真奥《まおう》は千穂《ちほ》と恵美《えみ》と向かい合う。

「……ちーちゃん、俺」

何か言われる前に、もう一度これまでずっと自分の正体について嘘《うそ》をつき続けてきたことを謝ろうとして、

「まったく、危うくとんでもない罠《わな》にかかるところだったわ」

横から不自然に、恵美《えみ》が割って入ってくる。

「……なんだよ」

「なんだよじゃないわよ。何よ、誰も見てないから殺すならチャンスとか言って。千穂《ちほ》ちゃんの記憶が丸々残ってるのにあの場で私があなたを殺したら、誰がどう考えたって私が犯人になるに決まってるじゃない」

「……」

「お、おい恵美《えみ》、それは」

のっけからとんでもないことを言い出す恵美《えみ》に慌てる真奥《まおう》だが、今度はそれを千穂《ちほ》が制する。

「大丈夫です、真奥《まおう》さん。私、一応ですけど、もう全部聞きました」

「……は？」

真奥《まおう》は、目を瞬《また》かせる。

「エンテ・イスラっていう場所のこと。遊佐《ゆさ》さんのこと、真奥《まおう》さんのこと、真奥《まおう》さんのお兄さんのこと、漆原《うるしはら》会長のこと、全部……」

「そ、そっか」そうとしか思えない……」

「で、でも、恵美《えみ》が話したのか？　どう考えたって現実とフィクションの区別ついてない奴《やつ》の話としか思えない……」

「目の前で剣が出てきたり、髪の毛の色が変わったり、空飛んだり、火や氷や雷を出されたりすれば、少なくとも普通の人だなんて信じられないですし」

「お、おう、そうか。そりゃまた……」

真奥《まおう》は思わず恵美《えみ》を見る。

恵美《えみ》は千穂《ちほ》に話を信じてもらうために、かなり手段を選ばなかったようだ。

だが、まず前提として、恵美《えみ》が千穂《ちほ》に接触してまでエンテ・イスラの話をする理由が分からない。

少なくとも恵美《えみ》には、なんのメリットも無いはずだ。

「それに、真奥《まおう》さんのその、角も、見ましたから、少なくとも地球の人じゃない、ってことは、分かりました。驚きましたけど……でも、まだ納得できないこともあって」

千穂《ちほ》は、今にも泣きそうな顔で、真奥《まおう》を見上げた。

「真奥《まおう》さんが……遊佐《ゆさ》さんの言うような、悪いことをする人だって、どうしても信じられないんです。私が知ってる真奥《まおう》さんとあまりに違う。火事の日だって、学校や、私を守ってくれましたよね。それに……米屋《よねや》パンのおじさんのことを心配していたのも、本気でしたよね……私、分からないんです。遊佐《ゆさ》さんの話も本当だけど、私が見てきた真奥《まおう》さんも本当なんだって信じたい。どうしたらいいか、分からないんです」

「……」

それは、ある意味真奥《まおう》も一緒だった。

千穂《ちほ》の記憶だけを残した。

結果、千穂《ちほ》に避けられる日々が続き、やはり自分は恐怖の対象になるのだと半ば諦めていた。

このままの状態が続くなら、学校を辞めることもやむなしとまで思った。

自分がこのまま学校にいれば、またぞろ友を巻き込むかもしれない。

だが、一方で漆原《うるしはら》と共に、購買部の設立とその後のことを考えている自分もいる。

自分の本心で言えば、こんなことになる以前の心地良い学校生活を続けていきたいのだ。

だが、それはもう叶《かな》わない。

誰のせいでもない、自然の流れとしてこうなったのだ。

恵美《えみ》や漆原《うるしはら》を責めたところで状況は変わらないし、そもそも原因を追究したところで意味は無い。

「だから……」

真奥《まおう》は、死刑宣告を待つ罪人のような気分で、千穂《ちほ》の次なる言葉を待った。

だがそれは、あまりに意外なものだった。

「私を、購買部の設立メンバーにしてください！」

「…………………はぁ!?」

予想外すぎる申し出に、真奥《まおう》は目を丸くする。

というより、まるで前後が繋《つな》がっていない。

困惑する真奥《まおう》にダメ押しするように、

「だ、駄目ですか？　弓道部もあるんで毎日は手伝えないかもしれないですけど、可能な限り頑張りますから！」

「だ、駄目じゃないけど、む、むしろすげぇありがたいけど、でも、その、なんで？」

純粋な疑問を呈すると、答えたのは恵美《えみ》だった。

「それを千穂《ちほ》ちゃんに言わせるの？　バカじゃないの？」

「あ？」

千穂《ちほ》は、急に顔を赤くして顔を伏せてしまう。

すると見かねた恵美《えみ》が、苛立《いらだ》たしげに声を上げた。

「ああもうぐだぐだ言ってるんじゃないわよ。ただでさえ学生の領分を超えてる部活に協力しようって言ってくれてるのに、断る理由ないでしょ！」

「そ、そりゃそうだけどお前が言うことでもねぇよ」

「うるさいわよ。私だってこんなこと言うの、不本意なのよ。でも……」

恵美《えみ》は憤懣《ふんまん》やるかたない様子で腕を組むが、それでも千穂《ちほ》を見る目には思いがけず慈《いつく》しみの色があった。

「あなたをこの世界に逃がしたのは半分は私の責任だし、それに……この子の気持ちを消してしまう権利は、私には無いもの」

「……いまいち話が見えないんだが」

「あなたねぇ!!」

理解の進まない真奥《まおう》の胸倉を摑《つか》むように、恵美《えみ》はぐっと顔を寄せてくる。

「人間として大切なことを教えてあげるわ。自分を大切にしてくれる人を、大切にしない奴《やつ》はクズよ。いいえクズ以下よ」

「……お、おう」

その迫力に、真奥《まおう》は勢いで頷《うなず》いてしまう。

「私を失望させないで。いいわね。私の聖剣は、いつもあなたの命を狙ってるんだから」

そして、言いたいだけ言い放って真奥《まおう》を解放すると、二人に背を向けてどこかへ去ってしまった。

後に残された真奥《まおう》は、顔を赤くして顔を伏せながらも、真奥《まおう》を上目づかいに見る千穂《ちほ》に向き直る。

まだ人間になって一年と少しの自分には、これが正しいことなのか分からない。

大家がこの学校に自分を送り込んだ理由も未《いま》だに不明だし、この選択が千穂《ちほ》に、真奥《まおう》の友達に新たな不幸を呼び込まないとも限らない。

だが、他に言うべき言葉は見つからない。

「ちーちゃんがいいって言ってくれるなら、こんなありがたいことはねぇ。こちらこそよろしく頼む。ちーちゃんがいてくれると、心強い」

千穂《ちほ》はその言葉を理解すると、顔を赤らめて、瞳に涙を浮かべながら、それでも笑顔で言った。

「はい、真奥《まおう》さん」


校舎の陰で、その声だけを聴いていた恵美《えみ》は、小さくため息をつく。

「とんだ茶番もあったもんだな」

「いいんですか～、こんな状態のままで～」

恵美《えみ》の傍《かたわ》らには大きな影と小さな影。

「仕方ないわ。あなた達が驚くの無理ないけど、案外あれで、魔王は素よ」

「信じられねぇな。あの小僧がサタンだ？」

「そうですよね〜。経験値の低さがびしばし伝わってきますし〜背中が痒《かゆ》くなりそうなほど青春しちゃってますしね〜」

大きな影は、アルバート・エンデ。

小さな影は、エメラダ・エトゥーヴァ。

二人とも、勇者エミリア・ユスティーナの旅の仲間にして、エンテ・イスラ最強の戦士である。

二人がエミリアと再会したのはあの火事の日の翌日。

一年にわたる探索の末、日本で戦う恵美《えみ》の聖法気《せいほうき》を探知して、ようやく再会できたというのだが、来てみれば魔王サタンは人間に混じって学生をやっており、エミリアがそれをすぐには倒さないと言い出すのだから二人の驚かんことか。

「この学校にいる間は、サタンは無害よ。アルシエルもルシフェルもそう。いざとなれば今の私でも跡形もなく消滅させることもできる。彼女に会わなきゃ、きっとそうしてた」

アルバートとエメラダは、恵美《えみ》と同じ服を纏《まと》う少女の小さな背を見る。

「大事の前の小事だと思うがなぁ」

「エミリアの気持ちも分かりますけどね〜」

「あなた達が来てくれれば、なんの心配もないわ。それに、大事の前の小事っていうなら、むしろ今は私達こそ問題山積みでしょう」

「……ま、そう言えなくもない」

「正直なところ～だからこそエミリアには～魔王をさっさと倒して後顧の憂いを断っていただきたいんですけどね～」

ルシフェルの『支援者』が判明した。

だがその事実が明るみに出れば、平和を取り戻しつつあるエンテ・イスラで大きな変事が起きかねない。

「身柄は押さえられていないんでしょう？」

「むしろ私達の身柄が押さえられてたりもしました～」

「場合によっちゃこっちに逃げてきてる、って線もあったくらいだが、そんな気配は……」

「少なくとも私は感じなかったわ。ルシフェルの言うことが本当なら、むしろエンテ・イスラにいるものだと思ったくらいよ」

エンテ・イスラ大法神教会《だいほうしんきょうかい》最高意思決定機関『六人の大神官』。

その一角にしてエミリア達勇者の仲間である、大神官オルバ・メイヤー。

彼こそが、エミリアを日本に転移させ、抹殺しようとした張本人であると言うのだ。

温和、博学、質実剛健の人であったオルバがまさか、という思いはエミリアの中でも強くある。

だが、エメラダやアルバートが冗談でもそんな嘘《うそ》をつくとも思えないし、ルシフェルの証言からは、彼の協力者が大法神教会《だいほうしんきょうかい》関係者である気配が濃厚だ。

そのルシフェルは、今も真奥《まおう》と同じようにして、一生徒として学校生活を送っており、奴《やつ》が今、どのようにして学校外で生活しているのかも調べる必要がある。

悪魔達が、今すぐ暴れ出す心配は、恵美《えみ》の感触では無いと判断して良い。

だが、状況は決して予断を許さない。

「しばらくは、笹幡北《ささはたきた》高校の制服にも、この新しい環境にも、お世話になりそうね」

憂鬱そうな言葉とは裏腹に、少しだけ、恵美《えみ》は楽しげな顔をするのだった。

魔王、購買部をスタートさせる

その場所の空気は、まさに戦場の様相を呈していた。

誰も彼もが殺気立ち、事情を知らぬ第三者が不用意に介入すれば、あっという間に全てが崩壊する修羅の鉄火場であった。

「おいっ！」

そのとき、一際《ひときわ》強く高く響いた怒号が、ただでさえ張りつめていた場の空気を限界まで緊張させた。

まるで悪魔の王の如《ごと》く、人を射すくめずにはおれない声であった。

「ハムが全部繋《つな》がってる！　包丁雑すぎんだろ！」

その声の主の指先には、七夕飾りのように連なるハムの帯があった。

「うるさいなぁ！　それくらい手で千切れよ！」

「フザけんな金取って売るもんだぞきちんと仕事しろ！」

「魔王、こんな感じでいいの」

恐れ知らずの女の声が、怒号の横から割って入る。

魔王、と呼ばれた少年は、その言葉を返す刀で一刀両断した。

「いいわけねぇだろ。具の分量がばらっばらじゃねぇか。こっちは野菜ばっかだし、こっちには肉しか入ってねぇ。ちゃんと掻《か》き交《ま》ぜたんだろうな⁉」

「やったわよ！　そもそも具が偏るのはそっちの包丁役がキャベツ切るのが下手なせいで仕方

なくよ！」

「なんでも僕のせいにすんなよ！　それくらい対応しろよな！」

「連携必須な仕事で手抜きすんな！　一度マグロナルドでバイトして芦屋《あしや》に鍛えてもらえ！」

そこに、駆け込んだ新たな声が、風雲急を告げる。

「真奥《まおう》さん！　遊佐《ゆさ》さん！　漆原《うるしはら》さん！　時間あと五分しかありません！　外結構並んでますよ！　こっちのできてるやつから並べていいですか⁉」

「……ああ仕方ねぇ！　恵美《えみ》はちーちゃんと一緒に釣り銭の準備！　漆原《うるしはら》も陳列に回れ！　その間に俺がなんとかあと五十食分こしらえるから」

「はいっ！　これ持っていきますね！　漆原《うるしはら》さん！」

「もう嫌だやめたい～！」

「私に命令しないでよ！」

恵美《えみ》、ちーちゃん、漆原《うるしはら》と呼ばれた三人は『魔王』の言葉にそれぞれの反応を示しながら従い、そして、

「それから鈴乃《すずの》‼」

「なんだ」

『魔王』の声は、それまで必死にコッペパンの背を包丁で割っていた私にかけられる。

「あと十個パン割ったら、この焼きそばを可能な限りたっぷり挟め。ケチはすんなよ！」

「了解した」

了承の意を示すや否《いな》や、私の傍《かたわ》らにある銀色の巨大トレーに次々と、食欲を刺激する香りを生む茶色の麵料理が投入される。

私はそれをトングで言われた通り投入しながら、思わず呟《つぶや》いた。

「どうしてこうなった」

それに対しての返答は、極めて簡潔かつ残酷であった。

「いい加減慣れろ」

※

デスサイズ・ベル。

いつしか自分の身につきまとうようになった、影法師のような暗い渾名《あだな》。

エンテ・イスラ西大陸を中心に世界中に広がる一大宗教勢力大法神《だいほうしん》教会《きょうかい》の異端審問会の一員として『審問』や『聖務』をこなすうちに、いつしか周囲に囁《ささや》かれるようになった名だ。

本来の異端審問会は、教会に表だって仇為《あだな》す罪深き者を断罪したり、教会の教えを乱すような者を取り締まるための組織であったはずだった。

だが魔王軍登場後は、ほとんど秘密警察か暗殺組織のような様相を呈していた。

対魔王軍戦に於《お》いて、人類団結の障害になりそうな政治勢力や軍事勢力、或《ある》いは個人を『聖務』に基づき裁く。

さらにその聖務に隠れ、魔王軍撃退後の世界に向けて、教会の存続に邪魔になる者を用意周到に始末する。

魔王軍の侵攻を受け人間世界が狭まるに連れて、聖務はどんどん苛烈になってゆき、それに従って自分に求められる能力もまた高次のものになっていった。

そうでなくとも、異端審問会の仕事では徹底した証拠固めや情報収集が必須となる。

世の中では異端審問会は、教会の政敵に濡《ぬ》れ衣《ぎぬ》を着せて好き勝手に暗殺をしている、というイメージがまかり通っているが、本当にそんな組織ならいつまでも教会の草の根の信仰が維持されているはずがない。

世間が思う以上に、異端審問会の『聖務』や『審問』には煩雑で遠大な手続きと、執行許可を得るための十全の証拠固めが欠かせないのだ。

だが一度、執行を命じられれば、異端審問官達はそれまで集めた証拠を基にさらに苛烈に情報を集めて『異端者』を追い詰める猟犬と化す。

教会もエンテ・イスラ諸国と変わらず、総本山の権力がどこに行っても絶対上位として影響するわけではない。

大法神教会《だいほうしんきょうかい》総本山サンクト・イグノレッドの政治的意思を実現させるためには、世界中の聖地や枢機卿《すうききょう》、神学派閥などへの根回しが欠かせない。

異端審問官はそのような政治構造すら頭に入れて、聖務や審判を実行するのだ。

ある人物を審問の対象にしようとしても、総本山には都合が悪いが別の地域から見れば有益な人間、という例は枚挙にいとまがない。

だからこそ聖務も審判も慎重に執行されるのだが、いずれにしろ実働部隊たる審問官に求められてきたのは、一に高度な情報処理能力、二に果断な実行能力である。

魔王軍壊滅後、イメージの刷新のために『訂教審議会』と名を改めてもそれは変わらない。

そんなことを考えながら、私は夕暮れ時にさしかかった狭い室内で、静かに覚悟を決めた。

この地にやってきたのは、大きな覚悟と使命を背負ってのことだ。

異世界の、日本という治安の良い平和な国家。

その首都である大都市東京の片隅に、私は仮の拠点を構えた。

ヴィラ・ローザ笹塚《ささづか》という名の、はっきりいえば万が一のときには私一人の力でも簡単に平らにできそうな、年季の入った集合住宅だ。

私は今回の『聖務』に必要な段取りと今後の予定を考えながら、まずは薄暗く乾いた部屋の中を見回し、壁にかけられた衣服に目を止める。

明日からの任務に必要な『制服』だ。

これまで見たことの無い構造をした、私の目にははっきり言えば頼りない上に華美に映るその服を纏《まと》う自分を想像し、明日以降考えられる状況を復習するために、事前に収集した情報に基づき練習を始める。

「皆さん初めまして！」

口を開きながら、無理矢理満面の笑みを浮かべる。

「今日からこの学校に転校してきました鎌月鈴乃《かまづきすずの》ですっ！　すずのんって呼んでくださいっ！　無理だっ‼」

だが、早くもセリフの途中から頬が紅潮して心臓が早鐘を打つのが分かり、早々に降参してしまった。

鏡を見ていなくて良かった。

見ていたら自己嫌悪《けんお》で任務を放棄してしまっていたかもしれない。

「ほ、ほ、本当にこんなことする必要があるのか⁉　こんな浮ついた格好で⁉　私はダマされているんじゃないのか⁉」

私は荒く息を吐きながら、頭を抱えて突っ伏してしまった。

この国特有の『畳』という不思議な床材が視界いっぱいに広がる中、私をこの国に誘った原因となるものが視界の端に映る。

「し、しかし、あのエメラダ・エトゥーヴァ殿からの書簡。よもや私如《ごと》きを罠《わな》にハメるためにこんな大がかりなことをするとも思えないし……」

エンテ・イスラ西大陸最大の国家、神聖セント・アイレ帝国の宮廷法術士《ほうじゅつし》、エメラダ・エトゥーヴァ。

セント・アイレの官籍に名は連ねているものの、役人というよりは研究者というイメージが強い人物で、何より今となっては宮廷法術士《ほうじゅつし》よりも『勇者の仲間』で名が通っている。

エンテ・イスラを魔王軍の脅威から守り切った勇者エミリアの仲間であるエメラダ・エトゥーヴァから、信頼できる筋を通して接触されたときには何事かと思ったものだが、そこに記されていたのは、私にとって天地がひっくり返るほどの事実だった。

曰《いわ》く、私の直属の上司であり、六人の大神官の一人であり、勇者の仲間でもあるオルバ・メイヤー様が異世界日本にて奸計《かんけい》を巡らせ、勇者暗殺を目論《もくろ》むばかりか悪魔大元帥ルシフェルと接触したというのだ。

内容があまりに荒唐無稽だと普通なら一蹴するところだが、実際に長期間にわたってオルバ様が行方不明になっているということ。書簡に発信者を特定するための『法印』と呼ばれる印が押されていることなど、いくつも捨て置けない事実が重なっていた。

法印の主が他ならぬエメラダ・エトゥーヴァと分かった私は、即座に接触を試みた。

すると、向こうからの返答は『横槍を避けるために、問題の異世界にて非公式に会合を行いたい。下準備はこちらに任せられたし』というものだった。

私としても、相手に暴走の心配が無い分そちらの方がやりやすい。

もちろんその『異世界』とやらが自分にとって安全な場所であることを探査法術《ほうじゅつ》のソナーによって十分調査した上でやってきた。

すると、エメラダ本人は現れないものの、仮の住居が用意され、異世界の現状などがかなり詳《つまび》らかに書かれた覚書きもあった。

問題なのは、エメラダが会合の場所に『笹幡北高等学校《ささはたきた》』なる場所を指定してきたことだ。

何故《なぜ》そんな場所を指定されたのか理由は分からない。

だが既に、『鎌月鈴乃《かまづきすずの》』というこの国の名で作られた学籍まで用意されているというのだ。

現状のアドバンテージは向こうにあるのだから、ある程度までは相手の掌《てのひら》の上で踊らなければならない。

それは分かっている。

だから私は、たとえどんなに好みや感覚に合わなかろうと、明日、毅然《きぜん》としてこの制服を纏《まと》い、この地の『女子高生、鎌月鈴乃《かまづきすずの》』に扮《ふん》して行動しなければならないのだ！

「そうだ、こんなことで戸惑ってはいられない。これは潜入任務なんだ。割り切って……そう、これを、現地の衣装を纏《まと》えばきっと……」

きっと歯を食いしばり、私は立ち上がる。

色々なことはあったが、それでも世のため人のため信仰のためと信じて、数々の聖務をこなしてきた私だ。

多少浮ついた衣装や言葉遣い如《ごと》きで慌てるなどと、訂教審議会《ていきょうしんぎかい》の者達に対して示しがつかないではないか！

私は決然と、持ち込んだ鏡台にかけた布を取り去り、自分の姿を映し出した。

そこには、エンテ・イスラ西大陸ならどこにでもいそうな女の姿が映っていた。

麻のシャツとロングスカート。

全く文化や風俗の違うはずのこの国でも、別段奇異の目で見られることはなかった。

だから正直着替えたくない、とまた決心が萎えそうになるが、それでも弱い心を奮い立たせるように私は自分の頬を叩《たた》き、意を決して着替えを始めた。

素材自体は上等なその制服を纏《まと》うのにさほど時間はかからず、改めて鏡を見た私は思わず叫んでしまった。

「は、はしたないっ！」

上はまだ良い。

緑色を基調とした留め具の多い、海兵のような上着。だが、下はどうだ。

スカートが、膝丈までしかない。

指定の靴下とやらを履いても、かなりの部分、脚がそのまま露出してしまっている。

「ひ、膝と、ふ、太もも……ほ、本当にこんなものを着て外に出るのか⁉　この格好で『すずのん』とかニックネームを指定しなければならんのか⁉」

確かに大勢の若い少女達が、似たような姿で町を闊歩《かっぽ》して、かしましく黄色い声で話しているのは私も目撃している。

それに関して、文化的差異により生まれる節度の違いであると理解できたので何も思わなかった。

だが、同じ格好を自分ができるかというのはまた別の話だ。

「それに、さ、寒い、な、なんだか、スースーする。こ、こんなヒラヒラしたスカートでは、少し強風が吹いたら……」

そこまで自分で分析してから起こり得る事態を想定して、もう私はそれ以上我慢できずに頭を抱えてまた蹲《うずくま》ってしまった。

聖職者として、絶対にあってはならない事態だ。

でももし起こってしまったら？　それを道行く異性に見られたら？

だめだ、その瞬間に私は羞恥で己を見失ってしまうかもしれない。

そんなことになったら任務どころの騒ぎではなくなってしまう。

いや、待て！　そんなことにならないように、予《あらかじ》め対策を打てば良いのではないか⁉

万が一の強風にスカートが翻《ひるがえ》ってしまっても大丈夫なように衣類を着込めば！

「そういえば覚書きに、制服を纏《まと》う上での注意が載っていたな」

私は、すがるような思いでエメラダからの書簡に目を通し、

「……バカなっ」

　思わず悲鳴を上げた。

　覚書きには、

『スカートの下には下裾着等《ズボン》の着用は認められていない』

　という無情な宣告が記されていたのだ。

　まるで私が、スカートを嫌がることを見越していたように。

「もう少し……こう、裾は、長く、ならないのか……あっ」

　その後もどうしても諦められなくて、スカートの裾を引っ張ってみたり、ウエストの位置を調整してみたりしたのだが、結局何をどうしても生脚部分を隠すには至らなかった。

「どうしたらいいんだ……こ、こうなると万一に備えて下着もどうにかせねば……」

　任務遂行前からこんなに混乱し、取り乱すのはいつ以来だろう。

　潜入任務に必要なのは一に高度な情報処理能力、二に果断な実行能力である、などとどの口が言えようか。

　如何《いか》なる手段でかは分からないが、どうやらエメラダは、私の学籍まで、笹幡北《ささはたきた》高校に用意している。

　つまり私は、何歳も年下の子女達に混じって、最低一日以上『ジョシコーセー』になりきらねばならないのだ。

「地獄だ」

思わずそう呟《つぶや》いた、そのときだった。

「……む？」

隣の部屋に、住人が帰ってきた気配がし、頭の中で警戒レベルが少し引き上げられる。

このヴィラ・ローザ笹塚《ささづか》には全部で六部屋あるが、入居しているのは隣の二〇一号室と私の二〇二号室だけ。

「……………だよな……ったく」

「……で…………すからそ………」

思ったよりも音が通る壁に顔を顰《しか》める。

どうやら隣は複数の男性が入居しているようだ。

「ああ、そうだ。隣人についても何か注意があったような……」

エメラダによれば、隣人の素性はリサーチ済みで『基本的には真面目で、現状悪いことはしない』らしい。

妙な表現に引っ掛かりは覚えるものの、狼藉《ろうぜき》に怯《おび》えるようなヤワな生き方はしていないし、良き隣人であれば、短い間であろうとも良い関係は築いておきたい。

潜入先での人間関係の拡大は良いことばかりではないが、今回は先住者がいる場所に後からやってきているのだ。

存在を全く知らせないというのは現実的ではないし、不測の事態に備えて隣人の情報は自ら取っておくべきだ。

「用意がいいことだ」

なんでもこの国には、引っ越しの挨拶に麵類を送る習慣があるらしい。

エメラダは挨拶用の進物すら用意してくれていた。

「そうだ、これは良い機会かもしれない」

これからすぐに、この制服姿のまま隣人に挨拶に出向くのだ。

そのときの相手の反応から、この世界の社会常識にかかる自分の知識の不足や間違いを探り、今後に生かすことができる。

例えば、自分がはしたないと思うこの姿も、相手にとっては普通に見えるかもしれない。

逆に相手が妙な反応を示したら、何か自分がこの国の習俗にそぐわぬことをしている合図にもなる。

「……ま、狼藉《ろうぜき》を誘発する外見でもない」

はしたない格好がときに男性の劣情を励起《れいき》してしまうことがあるのは知っているが、幸か不幸か、私は自分の女性的な魅力に全く自信が無いし、それが事実なのはこれまでの人生が証明している。

「うどん、と読むのか」

言語の壁は、概念送受《イデアリンク》の法術《ほうじゅつ》で概《おおむ》ねクリアできる。

エメラダに用意してもらった進物を手に、私は心を決めて、戦場に赴くつもりで自室のドアを開けた。

「う……やっぱりちょっと寒い……」

共用廊下の冷たい空気がスカートの下をくぐり、つい怖気《おじけ》づいてしまう。

硬く上等な革でできた靴も、なにやら足に馴染《なじ》まない。

だが、ここで足踏みしていては、明日学校に赴くことなどできはしない。

私は今日何度目かも分からない意を決して、隣室の呼び鈴を押した。

そして、

「……はーい」

しばし戸惑う気配と共に、男性の声がして、二〇一号室のドアが開く。

「え……っと、もしかして」

そこにいたのは、黒くしっかりした上下揃《そろ》いの服を纏《まと》った、私と『同い年』くらいの少年だった。

そしてこの少年と出会ってしまったことが、私の運命を大きく変えることとなったのだ。

※

尾行されている。

そのことに気づいたのは、本当に偶然だった。

何せ学校という場所は人が多く人口密度も高い。

地理情報から察するに、私が住むことになった東京という行政区域そのものが、この異世界に於《お》いて最も人口過密な地域であるらしい。

私が記憶している限り、エンテ・イスラにこれほど狭い地域にここまでの人口を抱えている場所は無かった。

そんな場所で私の『女子高生』デビューは、思いのほか順調に滑り出していた。

エメラダの覚書きには、日本の季節感的には半端《はんぱ》な時期の転入であることからよほど親しげな第一印象を与えないと、学内で孤立する可能性があるとあった。

だからといって私は、どうしても甲高い声で『すずのんと呼んでください！』などと初対面の人間に告げる気になれず、ごく普通にエメラダが用意した日本人名『鎌月鈴乃《かまづきすずの》』を名乗り、お辞儀をするだけの自己紹介に留《とど》めた。

するとなんのことは無い。休みの刻限には私の周囲にクラスメイトが集まってくれて、昼には昼食に連れ出してくれる者まで現れた。

日本の高校生は概《おおむ》ね十五歳から十八歳の間に収まるという。

自分の同年代の頃や、エンテ・イスラの同年代の青年・子女たちにくらべ、やや幼い印象こそ受けるものの、自分達の生活空間に突如現れた異分子を、柔軟に受け止めてくれようとしている意志を感じた。

自分の曖昧な『ジョシコーセー』がきちんと『女子高生』に馴染《なじ》んでいることも分かり、年甲斐《としがい》も無く抱いていた不安が解消されて、私は胸をなで下ろした。

だが、ここまではほんの前座。私がこの学校に転入したのは、異世界の学生生活を体験するためではなく、この学校を指定してきたエメラダ・エトゥーヴァと会談の席を持つためだ。

だから私は、自分の存在をそれとなくアピールしながら、エメラダ側からの接触を待つべく色々なスタイルで学内を闊歩《かっぽ》した。

一人で見回ることもあれば、転校生である立場を利用して級友らに案内を頼むこともある。

教諭の手伝いを買って出て、学生単独では入り辛《づら》い場所に入ったりもした。

だが、日本にやってきて一週間、エメラダからの接触は気配すら無かった。

なので、外交書簡で騙《だま》された可能性を考えはじめた矢先、学内の尾行に気がついた。

尾行されたこと自体は、この一週間で二度あった。

いや、まぁ、一応後をつけられたのだから尾行、と言ったが、前の二回は警戒に値するものでもなかったし、尾行者の顔を見る前から誰がついてきているかなんとなく分かったのだ。

佐々木千穂《ささきちほ》、という二年生の女子がいる。今の私にとっては一応『先輩』に当たる。

過去二度の尾行は、両方とも彼女のものだ。

もう彼女は、私の存在がとにかく気になって仕方ない、という焦《あせ》りの気持ちが初対面のときから溢《あふ》れていて、申し訳ないがその様子があまりに可愛《かわい》らしく、それを表情に出さないように苦労した。

彼女と出会ったのは、私がアパートの隣人である少年、真奥貞夫《まおうさだお》に出会ったその翌日であった。

「え……っと、もしかして、うちの学校の女子？」

アパートの隣人は、私が編入する学年の一年先輩に当たる、真奥貞夫《まおうさだお》という男子生徒とその従兄、芦屋四郎《あしやしろう》氏であった。

真奥貞夫《まおうさだお》、いや、真奥《まおう》先輩は挨拶に伺ったところ、私の制服が通う学校のものだと気づき、初日の登校であれこれと世話を焼いてくれたのだ。

その最中に出会ったのが佐々木千穂《ささきちほ》、つまり、佐々木《ささき》先輩である。

真奥《まおう》先輩と並んで歩く私を見た瞬間の形相から、あ、この娘は真奥《まおう》先輩に並々ならぬ好意を寄せているのだ、と手に取るように分かった。

「ま、まままま、真奥《まおう》さん⁉ そ、そちらの子は⁉」

挨拶もそこそこに、冷や汗を流しながらなんとか笑顔を作ろうと必死な様は、申し訳ないが今思い出しても少しおかしい。

「初めまして。鎌月鈴乃《かまづきすずの》と申します」

私は失礼にならないよう、小さくお辞儀をして初対面の挨拶をした。

「半端《はんぱ》な時期ですが、今日から笹幡北《ささはたきた》高校の一年生に編入することになりました」

「そ、そうなんだ……あ、わ、私、佐々木千穂《ささきちほ》って言います」

私の挨拶に一瞬冷静さを取り戻したかに見えた佐々木千穂《ささきちほ》は、

「実はうちの隣に引っ越してきててさ」

真奥《まおう》先輩のこの一言にまた悲鳴を上げた。

「と、隣っ⁉」

「はい。ご挨拶に伺ったら、真奥《まおう》先輩が色々と教えてくださいました。半端《はんぱ》な時期の初登校は不安だろうって仰《おっしゃ》ってもらったので、お言葉に甘えさせていただいています」

「そ、そーなんだー……」

真奥《まおう》先輩が色々世話を焼いてくれた、とはいうが、学校までの道のりや学校の様子を話してくれただけで、最初に世間話をした相手、という程度の間柄でしかない。

その後の会話でも、私の素性と真奥《まおう》先輩との関係性を聞き出したいという意図が丸見えの問いをいくつも発してきた。

とはいえ、何か言われる前から私が彼女の誤解を積極的に解きに行くのは逆にカドが立つ。

真奥《まおう》先輩が隣に住んでいる以上、彼の重要な友人である佐々木千穂《ささきちほ》先輩、そして東海林佳織《しょうじかおり》先輩と江村義弥《こうむらよしや》先輩とは何度も接触する機会が訪れるだろう。

その間の振る舞いで、彼女の誤解が氷解するのを待つしかないと、私は最初に考えた。

だが佐々木《ささき》先輩は、思いのほか大胆かつ疑《うたぐ》り深い性格のようだった。

二度あった尾行のうち一度は、同級生で友人の、東海林佳織《しょうじかおり》先輩を引き連れての興味本位の尾行であり、私は気づいていたが敢《あ》えて反応しなかった。

二度目は下校時間中。

一人でこそこそしていたので、気づいてすぐに偶然を装《よそお》って挨拶をして、相手を驚かせてみせた。

すると佐々木《ささき》先輩は、驚いたことに私を帰りの寄り道に誘ってきた。

先輩からのお誘いとあれば、断ることはできない。

私は素直に佐々木《ささき》先輩に従うと、彼女は定番のコースだというマグロナルドという店へ案内してくれた。

「ここ、時々友達と一緒に来るんだ。電車で来る子は大概笹塚《ささづか》から来るから、あんまり学校の子と会うことなくて狙い目なの」

「そうなんですか」

説明されながら、私はこの店の名をどこかで聞いたことがあるような気がしていた。

初めて来る店の名を何故《なぜ》知っているのか、答えはカウンターの向こう側にあった。

「ああ！　いらっしゃいませ！」

「……こんにちは」

見知った顔があった。

真奥《まおう》先輩の同居人で従兄である、芦屋四郎《あしやしろう》だ。

「ようこそ佐々木《ささき》さん。鎌月《かまづき》さんも。お友達になられたんですね」

さすがに真奥《まおう》先輩の同居人だからか、佐々木《ささき》先輩のことも知っているようだ。

そういえば彼は、どこかの店の従業員だという話をしていたが、ここだったのか。

引っ越しの挨拶をしたときと同様に、人当たりの良さそうな笑顔を浮かべる芦屋《あしや》氏。

私を芦屋《あしや》氏の隣人と知ってここに連れてきたのは何か意図があるのだろうか。

軽く刺激してみる。女子高生らしく！

「芦屋《あしや》さん、背が高くて格好いいですよね」

俳優や芸人やスポーツ選手などを評したクラスメイトの真似《まね》をして、声を潜めつつもそれなりに高い声色で、身近でない男性の容姿を口に出して評価してみた！

これは実際に口にしてみるとなかなか精神力を必要とする作業だった。

言ってみてから、あまりに自分とそぐわぬ発言でちょっと血圧が下がった程だ。

「そう……だね」

だが、基本的には礼儀正しいはずの佐々木《ささき》先輩は、芦屋《あしや》氏相手になぜか少し複雑そうな顔色。

何か悪手を打っただろうか。

いや、まぁ、私の性格上、そもそもこんな心にも無い褒め台詞《せりふ》を調子良く口に出すこと自体トラウマものの悪手なのだが、すぐに佐々木《ささき》先輩が怪訝《けげん》な顔をしているのは私の浅はかな発言によるものではないことに気がついた。

「この間は、どうも……」

佐々木《ささき》先輩はどこかよそよそしい様子で芦屋《あしや》氏に頭を下げ、芦屋《あしや》氏もそれに気づいたのか、少しだけ困ったように微笑《ほほえ》む。

「その後は、お変わりありませんか」

「……変わってないといえば、何も変わってないです」

「そうですか」

「でも……やっぱり私は……」

「お察しします。と、私が何を言っても説得力はありませんね。申し訳ありません」

一瞬、佐々木《ささき》先輩と芦屋《あしや》氏との間に、何か気まずいことでもあるのだろうかとも思った。

だが、それなら寄り道先にこの店を選ぶのも妙な話だ。

「鎌月《かまづき》さんも、こんなに早く来ていただけるとは思いませんでした。どうかゆっくりしていってください」

「は、はい」

私としては、まだ単純な隣人同士以上の間柄ではないのだから、通り一遍の挨拶しかできない。

「それでは、ご注文お決まりでしたら、お伺いしますが」

「……あ、はい。それじゃあ……」

佐々木《ささき》先輩が先に注文をしてくれたおかげで、この店に初めて来た私も『同じものを』という注文をすることができた。

特に不信感を抱かれた様子も無く、手早く注文の品がカウンターに整えられてゆく。

「鈴乃《すずの》ちゃん、良かったら席、取っておいてくれる？」

すると佐々木《ささき》先輩が、唐突にそう言ってきた。

「そうですね。混みはじめてきましたから、良ければ先に座って待たれてはどうでしょう」

芦屋《あしや》氏までそんなことを言い出す。

確かに、私達の後に何人か列に並んでいる。

特に断る理由も無いので、私は手近な二人掛けの席に目星をつけて移動するが、耳だけは二人の方向に向けることは忘れなかった。

「あの、佐々木《ささき》さん」

「はい」

全ての注文が整ったとき、芦屋《あしや》氏は佐々木《ささき》先輩に小さく尋ねた。

「鎌月《かまづき》さんは、弟のことを何か……」

「……いえ、特には何も」

「そうですか」

妙な会話だった。

恐らく芦屋《あしや》氏も、佐々木《ささき》先輩が真奥《まおう》先輩を憎からず想《おも》っていることを知っていると思われる。

だがそれにしては、私が真奥《まおう》先輩について何がしかコメントか反応を示していることを、当の佐々木《ささき》先輩に尋ねるものだろうか。尋ねられた佐々木《ささき》先輩も、深刻な顔で答えるものだろうか。

だが私の疑問を解決してくれそうなヒントはそれ以上与えられず、列が伸びているせいもあって、二人の会話はそこで打ち切られてしまった。

「すいません、持ってきていただいて」

「いいのいいの。私から誘ったんだからこれくらいは……ところで鈴乃《すずの》ちゃん」

笑顔の佐々木《ささき》先輩は、私の向かいに座る。

そしてなぜか、今度は芦屋《あしや》氏の方を警戒するような様子で私に囁《ささや》いた。

「鈴乃《すずの》ちゃんから見て、真奥《まおう》さんの生活の様子、どう？」

「生活の様子、ですか？」

「そう。変な風に聞こえちゃうかもだけど、何か普通じゃない騒ぎがあったりとか無い？」

想《おも》い人の生活をあさましく把握したい、という様子ではなかった。

その顔つきと深刻さは、ほとんど幼子の外出にやきもきする母親のようだ。

どうも先ほどの芦屋《あしや》氏との会話を考えても、佐々木《ささき》先輩が私に接触してきたのは、想《おも》い人の隣に降って湧いたお邪魔虫を牽制《けんせい》するためではないのではないかと思えてくる。

「時々、その、芦屋《あしや》さんと言い争いをしていることはありますけど」

私はカウンターの向こうで接客している隣人に視線を送りながら話す。

「些細《ささい》なことなのかすぐに静かになります。聞き耳立ててるわけじゃないんで、詳しい内容まではちょっと」

実質年下の少女と、しおらしい口調で会話するのはなんだかこそばゆい。

だが日頃、ぶっきらぼうとかカタブツと言われがちなだけに、女子高生として極力不自然でないような少女らしさは心がけねばならない。

「そう、なら、それならいいんだけど……」

「真奥《まおう》先輩は、何か生活上のトラブルを抱え込んでいるんですか？」

私は水を向けてみた。

私自身、女子高生の身で一人暮らしという、日本では一般的ではない家庭環境なので、従兄の芦屋《あしや》氏と暮らす真奥《まおう》先輩の様子をあれこれ言うつもりは無い。

だがこれまでの質問から察するに、どうも一般的に考えられるトラブルというより、何か差し迫る具体的な危険を知っている、という様子なのだ。

「生活上のトラブルっていうか……」

だが佐々木《ささき》先輩は煮え切らない。知り合って間もない私には言えないことなのか、単純に確証が無いのかは判断できなかった。

「真奥《まおう》先輩は普通の生活をしていると思います。ゴミ捨てのこととかも分別を守るようきちんと教えてくれたし、夜間の音にもかなり気を遣ってるし、学内の人望に恥じない、立派な私生活だと思います。従兄の芦屋《あしや》さんの指導の賜物《たまもの》かなとも思いますが」

「たまもの……あ、賜物《たまもの》。うん、そう、なのかな」

真奥貞夫《まおうさだお》という人物は、どうも学内では傑物として名高いらしく、彼のことを悪く言う声は聞いたことが無いし、日頃接点の無いであろう一年にもその名は聞こえていた。

特定の部活動や委員会活動には所属していないのは本人も言っていた。

今は、最近学内で起こったトラブルにより悪化した昼食事情を改善するべく、教員を巻き込んで精力的に活動しているらしい。

それが学外のパン屋と在校生・卒業生の絆《きずな》を繋《つな》げるためと知ったときには、私はその心意気に心底感心した。

だが、これでもまだ佐々木《ささき》先輩は納得できないらしい。

これ以上のことはさすがの私も想像できなかったので、少し過激な例を出してみた。

「もしかして、借金取りが夜中に押しかけてきたりとか、真奥先輩か芦屋《あしや》さんの恋人がいかがわしい真似《まね》をとか、そういうことですか？」

「そ、そういうんじゃないの！　そういうんじゃないんだ！」

もうお手上げだった。

だが佐々木《ささき》先輩も話しすぎたと踏んだか、それ以上はこの話を継続しようとせず、やや強引だが私が学内に馴染《なじ》めているかどうかに話題をシフトさせてきて、それ以上は当《あ》たり障りのない会話だけが続き、その日は散開となった。

その翌日、アパートの廊下で芦屋《あしや》氏と出会ったときも、

「昨日はどうも。またいらしてくださいね」

「あ、はい」

と、普通の挨拶が交わされただけだった。

そんな、佐々木《ささき》先輩との消化不良なエピソードを思い出しながら、私はさりげなく尾行者の様子を確かめるために、上履きの中に小石が入り込んだふりをして立ち止まり、身をかがめた。

そのときだった。

「……！」

尾行者の視線が切れた。

私はそのことに気づかないふりを継続しながら改めて上履きを履きなおすが、同時に警戒レベルを大きく上昇させた。

尾行者は、私が気づいたと判断したのかもしれない。

だから、深追いをせずに追跡をやめた。

それくらい、絶妙なタイミングで視線が切れたのだ。

エメラダ・エトゥーヴァだろうか。いや、それならこんな尾行をする必要が無い。

向こうは私の学籍や生活環境を用意できたのだ。

気取られずに私を見張る方法はいくらでもあるだろう。

「あー、鈴乃《すずの》ちゃーん」

私はすぐにでも尾行者を追跡したかったが、気配は遠ざかっていたし、通りがかった級友が声をかけてきたのですぐに諦めた。

私が立ち止まったのは『尾行に気づいたからではない』のだ。

こちらの警戒レベルが上がったことを、相手に悟らせてはならない。

私はその後、級友が持ってきてくれた、この国ではもはや必須となった通信手段である携帯電話・スリムフォンのカタログを教室で眺めることにした。

だが、頭のどこかでは常に奇妙な視線のことを意識し、周囲を探ることは忘れなかった。

そんなことがあったからだろうか、学校の外でも妙な気配に気づいたのは。

学校から帰って少しして、アパートのすぐ近くにいっかな動かない人の気配を感じたのだ。

妙なのは、その気配は私が帰宅したときではなく、真奥《まおう》先輩が帰宅すると共に発生したということだ。

この一週間、アパートで起こった初めての変化。

考えすぎかもしれないが、ふと佐々木千穂《ささきちほ》の煮え切らない態度を思い出した私は、軽く賭けに出ることにした。

己を隠さず気配を消す、という作業で、湧いた気配に接近を試みた。

具体的にはまず、隣の真奥《まおう》先輩達の生活音やリズムを注意深く耳で聞き取り、彼らの行動と呼吸を合わせる。

呼吸を合わせたら、自分の行動を少しずつそのリズムに合わせる。

過剰に音や行動を顰《ひそ》めたりはしない。

あくまで堂々と、私は外出の準備をし、窓を閉め、財布を手に持ち、玄関のドアを音をたてて開け、音を立てて閉め、学校指定の革靴の爪先を突く。

これだけやっても、外の気配に動く様子は無い。

私はそのまま軽い足取りで外に出た。

さすがに一週間も過ごしていれば、この短い裾のスカートで外に出るのも慣れてきた。

私はそのまま気配の場所に近づく。

アパートの敷地《しきち》を囲むブロック塀の際だ。向こうはこちらに気づいていない。

薄暗くなってきた街中だが、鍛えられた私の目は相手の様子をはっきりと捉える。

少しだけ驚いた。女子高生だ。

しかもどうやら、笹幡北《ささはたきた》高生。

角度の問題で顔は見えないが、髪型や後ろ姿が私の知る人々とは一致しない。

できれば顔も確認したいが、そこまですればさすがにバレる。

私は謎の女子高生のすぐ背後までさしかかった。未《いま》だに気づかれない。

だが、ここまで離れると、そろそろ真奥《まおう》先輩との行動のリズムにズレが生まれる。

私は折よく通りがかった自転車にリズムを乗り換え、そのまま彼女の後ろを通り過ぎた。

だが、

「⁉」

信じ難《がた》いことに、彼女は突然こちらを振り向いた。

リズムを乗り換えた瞬間に気づかれたとしか思えなかった。

背中に痛いほど視線が刺さる。

表情や態度には決して出さないが、下手を打った、と心が焦《あせ》る。

私の手にした財布を相手がどう判断するかは分からない。

道の先の曲がり角を折れるまでの時間が無限に感じられた。

私は実際にコンビニに着くまで、全く警戒を解くことができなかった。

学校での尾行を考えても、気づかれたのが偶然だと思うほど私も愚かではない。

恐らく彼女が、尾行者の正体だろう。

だがそうすると、別の疑問が湧いてくる。

先ほどの彼女は、私ではなく隣の真奥《まおう》先輩の方に意識を向けていた。

私を見張っていたのでなければ、如何《いか》に気配を消していたとはいえ、私が外出した時点でなんらかの行動を起こしていたはずだ。

ろくに商品も見ずに適当に籠に放り込み、私は何食わぬ顔で、行きと同じ経路で帰宅する。

彼女の姿は、当然だがどこにも見当たらない。

思わず私は安堵《あんど》のため息を漏らした。

平和な国で、民は皆良く言えば善良で素直、悪く言えば油断しきって荒事慣れしていないと思っていただけに、消した気配を気取られるようなことがあるとは思わなかったのだ。

「油断大敵、だな」

少し反省して、自然な足取りで共用階段を上がっていくと、二〇一号室から、聞き慣れぬ女性の声が。

「……」

私はつい二〇一号室の方を見てから、自室へと戻る。

「……考えすぎだったか？」

詳細が聞こえたわけではないが、女性の声は、真奥《まおう》先輩と従兄の芦屋《あしや》氏とかなり忌憚《きたん》なく会話をしているような様子だった。

もしかしなくても、隣の訪問客は先ほどの女子高生だろう。

となると、私に気づいたのは本当に単なる偶然。

元々真奥《まおう》先輩は人望が篤《あつ》いし、交友関係も広い。

佐々木千穂《ささきちほ》が何やら彼の生活について不安がるようなことを言っていたのは、やはり彼の異性の交遊関係を気にしていたからで、もっと深い理由があるように思えたのは勘違いか？

少なくとも先ほどの女子高生に関しては、これだけで説明がついてしまう。

学校での尾行者は関係ない別の事柄、と考えて良さそうだ。

「だがまぁ、真奥《まおう》先輩も、なかなか隅に置けないのだな」

佐々木《ささき》先輩が想《おも》いを寄せているのは傍《はた》から見れば誰にでも分かるし、こんな遅い時間に訪ねてきて忌憚《きたん》の無い話をする間柄の異性の友人がいる。

それでいて浮ついた空気は微塵《みじん》も感じないばかりか、アパートや学校の生活の様子も品行方正で堅実そのもの。

「エンテ・イスラでも、なかなかいない好青年だ。佐々木《ささき》先輩も、気が気ではないだろうな」

一応明日は、自分から佐々木千穂《ささきちほ》に接触した方がいいだろう。

ここ一週間で初めて起こった隣人の変化だ。

そう思っていたのだが……。

翌日、佐々木千穂《ささきちほ》に昨晩遅い時間に真奥《まおう》を訪ねてきた女子高生がいた、という話をすると、最初は確かに体を固くした。

だが、私が覚えている限りの外見的特徴を述べると、顔に困惑が広がり、最終的には肩を落としてしまった。

「ああ、いいの、その人は別に」

「そうなんですか？」

後ろ姿しか見ていないが、なかなか均整のとれた美しい女性だという気配はした。

佐々木千穂《ささきちほ》なら見逃してはおけないと思うのだが、そんな反応をするということは、もしかして知り合いなのだろうか。

「まぁ……長い目で見ると良くはないだろうけど」

「どっちなんですか⁉」

本当に、この件に関して佐々木千穂《ささきちほ》は煮え切らない。

「あ、それよりもさ。その人と真奥《まおう》さん、喧嘩《けんか》したりしてなかった？」

「は？　喧嘩《けんか》？」

私は首を横に振る。

「聞き耳を立てていたわけじゃありませんが、別に何か言い争うような声は聞こえませんでした。結局小一時間で帰ったようですし」

「そう……なんだ。はぁ……」

「佐々木《ささき》先輩？」

「……鈴乃《すずの》ちゃん、もしかしたら、なんだけどね」

深いため息をついた佐々木千穂《ささきちほ》は、真剣な顔で私に言った。

「もし、お隣で爆発とか起こったら、すぐに逃げてね」

「ばくはつ⁉」

一瞬、聞き間違いかと思い尋ね返してしまった。

「そ、それは何かの比喩か?」

思わず素の声で反応してしまったが、佐々木《ささき》先輩は気にしなかった。

「ううん、本当に、爆弾とか、ガスとか、どっかーーんていう、爆発」

「……意味が」

「うん、そうだよね。分かってる。でも、正直私もこれ以上詳しく言えないというか、言っても分かってもらえないっていうか、私も分かってないというか」

そんなことを言われても、こちらも訳が分からない。

「とにかく、気をつけてね……」

結局意味深な言葉を残して、佐々木《ささき》先輩はいなくなってしまった。

申し訳ないが、ここまで来ると佐々木《ささき》先輩の方が不気味に思えてくる。

「爆発……あの古いアパートなら、ガス爆発くらいしか思いつかんな」

とはいえ、彼女をこれ以上問い詰めても身のある話は出てきそうにない。

気持ちを切り替え、教室に戻って次の授業の準備をしようとしたときだった。

「……手洗いに、行っておくか」

ふと思い立ち、休み時間の残りを時計で確認し、まだ十分余裕があると判断する。

「あれ? 鈴乃《すずの》ちゃんどうしたの? もうすぐチャイム鳴るよ?」

するといい隣の席の女子生徒が突然話しかけてきて、

「え？　あ、うん、ちょっとトイレ……」

そう素直に答えてしまった。

「じゃあ私も行くー」

しまった、と思ったときには既に遅し。

この学校の女子は、やたらと友人の手洗いに同伴したがる。

それは私にとって非常に落ち着かないことだった。

手洗いや入浴のときにはどうしても隙ができるし、暗殺などの人に言えないタイプの聖務に携わるときなどは、冗談抜きで排泄《はいせつ》欲求のコントロールができないと任務に支障をきたす。

戦闘などの緊急行動に移る必要が出た場合、四方を壁に囲まれたちゃんとした手洗い場、というのは極めて不利な地形なのだ。

それなのに、この学校で生活するようになってから、隣の個室に人がいる、という状況が当たり前になってしまった。

極めて、落ち着かないのである。

隣の彼女が敵であると断じているのではなく、もはや職業病のようなものだ。

それでもまだ、クラスメイトで比較的よく話す隣の席の彼女であればまだ良かった。

それなのに実際にトイレに行ってみると、最悪なことに五つ並んだ個室のうち、飛び石のように二つ目と四つ目が埋まっているのだ。

つまりどう転んでも、隣にいるのが誰か分からないまま用を足さねばならなくなる。

だが、どうすることもできないのでやむを得ず一番手前、入り口に近い個室に入る。

建物の年数に似合わず、リモコン水洗式の笹幡北《ささはたきた》高校のトイレ。

水洗式、という手洗いの形式に、水資源があまり豊かではない地域で育った西大陸出身者として眩暈《めまい》を覚えそうになったこともあったが、さすがにもう慣れた。

それどころか、初めは無意味だと思った『水を流している音を出す機械』がトイレ利用者の心理に及ぼす影響に気づいたときには、感動すら覚えたものだ。

何よりこの機械が出す音を使えば、わずかだが外からの襲撃者に対して、自分の隙を隠すことができる。

「まぁ、そんなのいないんだろうが」

少なくとも、この学校での生活は平和そのものだ。

エメラダ・エトゥーヴァからの接触に備え緊張状態は維持しておかねばならならないが、それでも死ぬほど平和だ。

だが逆に、こんな機械一つで用足しの緊張がほぐれてしまうのは今後のことを考えるとあまり好ましくはない。

平和ボケは、異端審問会、いや、訂教審議会《ていきょうしんぎかい》にはもちろん、これからのエンテ・イスラ世界であってはならないのだ。

「……」

そんな難しいことを考えつつ、まだ便器に腰掛けてすらいない私をクラスメイトが呼ぶ声が聞こえる。

「私、先に戻ってるよー」

「……うん、分かった」

たかがトイレに、随分長いこと黙考していたようだ。

授業に遅れてはいけないので慌てて本来の目的を遂行し、個室を出て手を洗っていると、チャイムが鳴りはじめてしまった。

「いかんな、早く……おや」

鏡に映った五つの個室のうち、一つが未《いま》だに閉じている。

それなのに、チャイムの音に動揺するでもなく、トイレを使用する気配も無く、ただ人の気配だけが佇《たたず》んでいる。

「あの、大丈夫ですか？」

私は授業に遅れることも覚悟で、その個室に声をかけた。

もしかしたら、具合が悪くてトイレで動けなくなってしまったのかもしれない。

そうなった場合、保健室なり職員室なりに助けを求める必要が出てくる。

だが、中から返った声は、思いのほか元気だった。

「な、何がですか⁉」

「何がって、もう授業始まりますよ。どこか具合が悪いんですか？」

「えっ？　授業？」

えっ、授業、は無いだろう。ここは学校のトイレで、今まさにチャイムが鳴っている最中だというのに。

「あ、そうか授業。はい、ちゃんと行きますから、気にしないでください」

「……はぁ。もし良かったら、誰か先生呼んできましょうか」

「いいえいいえいいんですいいんです！　気にしないでください」

「そ、そうですか……」

あまりしつこくしても悪いので、私はそれ以上声をかけずに外に出た。

チャイムが鳴り終わってしまっているので、急いで教室に戻らねば教諭の叱責をもらってしまう。

一応勤勉な学生としてのポーズは維持しておいた方が良いので駆け足で教室に向かいつつ、それでもどうしても気になってふと手洗いの方を振り返る。

すると、慌てたように後から女子生徒が飛び出してきた。

長い髪が彼女の走りに合わせて揺れている。

それを見てホッとしてまた駆け出そうとして、私はすぐにくるりと百八十度向きを変えた。

知っている後ろ姿だった。

顔は知らない。名前も知らない。

だが間違いない。

数々の聖務で鍛えられた人間観察眼が、間違いないと告げている。

今の生徒は、真奥《まおう》先輩の部屋を訪ねてきた女子生徒だ。

私の中の、勘、としか言いようのない感覚が、彼女を放置するなと告げている。

あの女子生徒には、不審な点が多い。

夜遅く一人で男子生徒を訪ねるくらいなら構わない。

だが彼女は、しっかり気配を殺していた自分に気がついた。

真奥《まおう》先輩を気にかけている佐々木《ささき》先輩が、彼女について不穏な憶測を述べた。

そしてそんな彼女が今、自分のすぐ近くで学生として極めて不自然な行動を取っている。

一つ一つのことは、日常生活の中で普通の人間でも経験することだ。

だがこれらが、この世界では異分子である私の身辺で起こったという事実は無視できない。

すぐに彼女に直接的なアプローチをするつもりは無い。

だがせめてこの機会に、学年とクラス、できれば名前を把握しておきたい。

そう思い彼女の後を追うが、

「……ん？」

彼女はこちらに気づいていないのか、廊下の途中で唐突に足を止める。

そして、悠々と手近な階段を上がりはじめた。

人のことを言える立場ではないが、これではとても授業開始には間に合わない。

だが結果的に彼女は、授業に間に合うどころかそのまま階段を上がり続け、屋上の踊り場まで到達してしまった。

屋上に出る扉は施錠《せじょう》されており、生徒は特別な許可が無ければ出ることはできない。

「はあああ……」

階段下で様子を窺《うかが》っていると、大きくため息をついて腰を下ろした気配がした。

「私、何やってんだろ」

それは割と私も知りたい。

「このままだと来月の給料日が酷《ひど》いことになりそう」

給料日？　なんの話だ？

「なんと言うか、このままじゃ私、不法侵入してコスプレ楽しんでる変態じゃない……」

なんだか随分と落ち込んでいるようだが、不法侵入だの変態だのと、随分穏やかでない単語が出てきた。

私自身、そこまで自分の境遇が合法かと言われると根本的には全く合法ではないのだろうが、一応は鎌月鈴乃《かまづきすずの》という学籍があり、クラスで存在を認知されて授業にも参加している。

年齢的なものは……まぁ、この国の一般的な高校生の年齢より遥《はる》かに高いのだが、喜ぶべきか悲しむべきか、現状誰にも不自然に思われている気配は無い。

「……はあ……」

重く澱《よど》んだため息が、階段を伝って自分の足元まで流れてくるようだ。

一体この女子生徒は何者なのだろう。

コスプレ、という単語は、私が知らない言葉だった。

クラスメイトの女子が『コスメ、コスメ』と言っているのは化粧品だし、男子が昼食時に『コスパ、コスパ』と言っているのは恐らく『費用対効果』のことだ。

あとは花壇に、今の季節には咲かない『コスモス』という花の札があった。

物と物が接触して摩擦を起こしている状態を『こすれる』と言ったりするが、コスプレ、は聞いたことが無い。

それとも複合的な略語だろうか。

だとすると『楽しんでる』という言葉から、もしかしたら『プレ』は『プレイ』の略ではないかと推測できる。

すると『コス』もなんらかの言葉の略と考えるべきだろう。

女子が楽しむことといえば、今まで思いついた言葉の中ではやはり『コスメ』だ。

だが、不法侵入、という言葉とどこかマッチしない。

何より、佐々木《ささき》先輩は彼女のことを知っているような口ぶりだった。

彼女が知っているのなら相手は最低限この学校の生徒のはずだ。

だとすれば不法侵入すら、もしかしたら私が何か他の単語と聞き違えている可能性もある。

「ふむ」

ここで考えていても仕方が無い。私は一つ、賭けに出てみることにした。

佐々木《ささき》先輩と真奥《まおう》先輩の共通の知り合いなら、二人を通じて私の存在を知っている可能性は極めて高い。

ならばいっそのこと、こちらから懐《ふところ》に飛び込んで、実状を探った方が良い。

危険な行動に出る感じも無く、まだこの国の一般的な不審者の範疇《はんちゅう》に収まる。

いや、まぁそこまでこの国の不審者のサンプルを知っているわけではないが、感覚的に。

私は相手に対応する隙を与えないよう、逃げ道を封じる形で思い切って体を出した。

「そんなところで何してるんですか？」

「わひゃあああっ⁉」

「え⁉　あ、ちょっ⁉」

相手は完全に油断していたようだ。

腰が浮き上がってバランスを崩し、こっちに向かって飛び込み前転する格好だ。

そこまで驚くか⁉　と頭の中で焦《あせ》りつつ、このまま落ちたら打ちどころが悪ければ大怪我《けが》をしてしまう。

私はほとんど反射的に階段を駆け上がり、彼女を空中で摑《つか》まえて危ういところで着地した。

「……ご、ごめんなさい」

「いえ」

結果的に、一番上から二、三段目で受け止めることができた。

これくらいならこの世界の人間でも咄嗟《とっさ》にできる範囲だろう。

実際相手も、私のことを全く不審に思った様子は無い。顔つきも危うく階段を落ちそうになったことに驚いているだけで何も……何も……。

「その、えーっと、あなたは」

「……」

……。

「そ、その、私ね、その、怪しい者じゃないんだけど」

「……」

……。

「な、なんて言うのかな、そう、あんまり良くないとは分かってるのよ、分かってるんだけど、どうしても色々あれで、そう、サボりっていうか、その」

「……」

……。

「……もしもし」

「……」

いや。

いやいやいやいやいやいやいやいや。

待て、これは待て。ちょっと待て。

聞いていない、こんな話は聞いていないぞ。

怪しい者じゃないとかそういう話じゃないぞ。

「え…………はっ」

「え？」

危ういところで声を呑《の》み込めた、

危なかった。

だが、叫び出しそうになってしまった理由は分かって欲しい。

見間違いではない。人違いでもない。

一体どうして、なんでこんな所に。

勇者エミリア・ユスティーナが笹幡《ささはたきた》北高校のセーラー服を着てこんな所にいるのだ⁉

いや、エメラダからの書簡で、魔王城決戦で死んだと思われていたエミリアが生きている、ということは分かっていた。

分かっていたが、潜入先の学内で学生をしている、などという話は一言も聞いていない。

「あ、あの……？」

「わ、私、一年生の鎌月鈴乃《かまづきすずの》ですっ」

動揺後の不必要に長い沈黙が相手に不安を与えることに本能が気づき、とりあえず口が勝手に動いたレベルで自己紹介をする。

「え？　あ、う、うん。私は……その、えっと、二年の、遊佐恵美《ゆさえみ》よ」

この時点で、私の頭の中のパニックが加速する。

明らかに、嘘《うそ》をついている人間の声色。

おまけに履いている上履きの色は、今の一年生の色ではないか。

笹幡北高校《ささはたきた》の生徒の上履きは三色あり、今の二年生は緑色の上履きを履いている。

ところが遊佐恵美《ゆさえみ》と名乗った勇者エミリアの履いている上履きの色は私と同じ青だ。

このこと一つとっても、彼女がこの学校についての理解が浅いことがよく分かる。

エメラダがあんな書簡を送ってきたからには、彼女とエミリアは一緒に行動しているのではないのか？

エミリアも、私と同じく学籍を用意されていたのではないのか？

いや、そもそもエミリアが何がしかの被害を受けそうだみたいな話だったのに、こんな悠長なことをやっていていいのか？

エミリアとエメラダは生活上の連携を取っていないのか？

そもそもエメラダは、私が校内でエミリアと不測の遭遇をすることを想定しているのか？

「もしかして、あなたもサボり？」

私もエンテ・イスラから来ました。

言えるかそんなこと！

「そ……んな感じです。ここ、実はちょっとお気に入りでたまに来るんです」

「そうなの」

エミリアの顔に、しまった、という表情が浮かぶ。

この顔だけで、彼女が頻繁にこの場所にいる、ということが分かってしまった。

たまに来る、と言った私とこれまで遭遇しなかったことにホッとすると同時に、もうこの場所はやめた方がいい、くらいのことを考えているに違いない。

すると、この機会を逃すと今の彼女について探りを入れられる機会が減る。

どうしてエミリアがこんな所で笹幡北《ささはたきた》の制服を着ているのかは分からないが、最低限の情報は仕入れねばならない。

「どうせ今から教室に戻っても意味ありませんし、良ければご一緒しません？」

「えっ？　あ、ええ、そ、そうね」

密着していた体がようやく離れて、遊佐恵美《ゆさえみ》、と名乗るエミリアはゆっくり腰を下ろした。

私も動揺を押し隠しつつ、彼女から半身離れたところに腰を下ろす。

エミリアはそわそわしていて、恐らくこの場所から離れたがっている。

多少乱暴でも、突くポイントは精査しなければならない。

「遊佐《ゆさ》先輩、この前もしかしてうちの近くに来てました？」

「へっ⁉」

もう、確認するまでもなく肯定しているようなものだ。

私とエミリアは初対面。だから彼女は本来「うちの近く」がどこかということを確認するべきだが、彼女は分かりやすく動揺してくれた。

おかげであの晩アパートの外に佇んでいたのも、学内で私を尾行していたのも彼女だと確信する。

「声、大きいですよ。先生来ちゃいます」

「あっ……あ、もしかしてあのときの……？」

エミリアは、口を慌てて押さえてから言った。

「はい。多分、コンビニ行こうとしたときに、うちの生徒がいるなーって思ったんですけど、知り合いでもないのに声をかけるのも躊躇《ためら》われて……」

「そ、そうなの。実はその、二年の真奥《まおう》っているでしょ？　あいつの家に行く用事があって」

「やっぱりそうだったんですか」

これで真奥《まおう》先輩と、エミリアが知り合いであることは確定した。

だが、まだ分からないことはある。

真奥《まおう》先輩と佐々木《ささき》先輩は、この女性をエミリアと遊佐恵美《ゆさえみ》、どちらだと思っているのだろうか。エミリアはどちらの顔で接触しているのだろうか。

それ次第では、今後真奥《まおう》先輩と佐々木《ささき》先輩の動向を注視する必要が出てくる。

「でも結構遅い時間だったと思うんですけど、遊佐《ゆさ》先輩のおうちって、近いんですか？」

「えっ？　私の家っ？　あ、そ、その、永福町《えいふくちょう》なんだけど」

嘘《うそ》ではない、と判断する。というか、嘘《うそ》をつこうとしたけど上手《うま》い案が思い浮かばなかった、という感じだ。

永福町《えいふくちょう》は、笹塚《ささづか》駅からさほど離れていない鉄道駅の名前と一致している。

「それで、あの、鈴乃《すずの》、ちゃん？」

「はい」

「あなた、一人暮らしだって、聞いたけど」

「ええ。そうです」

「変なこと聞くようだけど、大丈夫なの？」

「大丈夫って？」

「えっと……それはつまり……」

「そりゃ、確かにあのアパートは古いですけど、贅沢《ぜいたく》言えばキリがありませんし、真奥《まおう》先輩にも従兄の芦屋《あしや》さんにも良くしていただいてます」

「そ、そうなの……そう」

「お金に関しても、両親はいませんけど知人が良くしてくれてるので、そういう意味でも不便は無いです。でも、甘えきりも良くありませんから、必要最低限にしないとって意識してるんです」

「あ、ご、ごめんなさい……」

「いえ、気にしてません」

ここ数日、クラスメイト相手にも話した、嘘《うそ》でもないが本当でもないことを語ると、エミリアは心から気の毒そうな表情になる。

やはり、基本的にはいい人なのだ。

だからこそ、なんでそんな人物が『不法侵入』して制服を着ているのか、まだ判断がつかない。

もう少し、突っ込んでみようか。

「でも、遊佐《ゆさ》先輩、もしかして真奥《まおう》先輩とお付き合いしてたりするんですか？」

夜遅くに従兄の芦屋《あしや》公認で訪問するくらいだ。

壁越しに聞こえてきた会話のトーンもお互い遠慮が無い感じだったし、そこそこ深い付き合いだと思っても不思議ではないだろう。

ところが、彼女の反応は思いのほか劇的だった。

「はあっ⁉　勘弁して⁉　なんで私があんな奴《やつ》と！」

「ち、違うんですか？　すいません」

言葉の中に、掛け値なしの憎悪《ぞうお》が混じり、逆に私は驚いてしまった。

「冗談でもやめて。あんなクズと付き合うとか、考えただけで嫌になるわ」

クズ？　これまた意外な言葉だ。

私が見る限り、真奥《まおう》先輩は同年代の少年達の中でも頭一つ抜けて立派な人間だ。

校内での人望の高さや本人の魅力はもちろん、私自身僅かな間の近所付き合いで、佐々木《ささき》先輩が想《おも》いを寄せる気持ちが十分に理解できるという感想を持っている。

だが、気楽に家にやってくるエミリアは、そうは思っていない。

それどころか、恐らく心の底から嫌っている。

「クズ……ですか？　そ、そこまでの人だとは思えないんですけど……」

「……言いすぎかもしれないけど、あいつの本質はそうよ」

「そう……ですか」

人はそれぞれだ。

エミリアが真奥《まおう》先輩とどのようなファーストコンタクトをしたかは分からないが、何かどうしても許しがたい出来事があったのだろう。

だから、さらに踏み込んでみた。

「でも、佐々木《ささき》先輩は、そんな真奥《まおう》先輩が好きなんですよね」

「…………頭が痛いわ」

私が佐々木千穂《ささきちほ》を知っていること自体は、特に不思議ではないようだ。

「分かるわ。千穂《ちほ》ちゃんの気持ちは分かるのよ。でもね……」

その先に、一体何があるのだろう。

エミリアがこの世界にやってきたのは魔王城決戦後すぐのはずだから、長く見積もっても一年と少し。

つまりどんなに長くても、真奥《まおう》先輩との付き合いはその程度のはずだ。

その僅かな間に、一体何があったのだろう。

「千穂《ちほ》ちゃんは、あいつの本質を知ってる。それでも気持ちが変わらないんだから、頭が痛いの」

「……そうなんですか」

真奥《まおう》先輩が、実は人当たりが良いだけの腹黒、とでもいうのだろうか。

だが自分が見ている限り、彼にはそういった計算高さを善意で隠す人間特有の挙動が全く見られない。

勿論《もちろん》人間だから、心に一点の曇りも無い聖人だとは思わない。

だが私の印象では、真奥貞夫《まおうさだお》という少年は外見通りの性格であると判断できるのだ。

「鈴乃《すずの》ちゃん。あなたが引っ越してきたのって、ついこの前よね」

「ええ、まだ二週間くらいですけど」

「あなたが転校してくる前、この学校でちょっと普通じゃないことが色々あったの。誰かから聞いてる？」

エミリアの声色には、なぜか、少し不安の色が見える。

その普通じゃないことに、真奥《まおう》先輩が関わっているのだろうか。

「普通じゃないことですか？　何か事件や事故が？」

「表面上は事故よ。米屋《よねや》パン店っていう、学校にお昼のパンを売りに来てるお店の車が交通事故に巻き込まれたって話から始まってるらしいんだけど」

米屋《よねや》パンのことなら、私も耳には入れていた。

元々学校に昼食用のパンを売りに来ていたが、店主が大きな事故に巻き込まれ、その供給が断たれたという話だ。

もっともこの話も、真奥《まおう》先輩が購買部の立ち上げに奔走している、という話のついでに聞いたのだが、そのときも真奥《まおう》先輩が入院中の店主に直談判《じかだんぱん》して学内での販売を継続させようとしたというから、感心したものだ。

「そして、米屋《よねや》パンの事故のすぐ後に、旧校舎で火事が起こった」

「ああ、それも聞いてます。なんか古い設備が漏電してボヤがあったって聞いてますけど」

「本当は……その後、色々あったの。むしろそっちの方が、大変なことだった。でも、きっと他の誰に聞いてもそんなことは起こってないって言う。でも、起こったの。そして、そのことを覚えているのはきっと、私以外では一人だけ」

「一人……？」

これまでの話の流れから、それは真奥貞夫《まおうさだお》か佐々木千穂《ささきちほ》のいずれか以外有りえない。

だが、そもそも話の前提として、彼女が言うことのあらましが意味不明だ。

しかもここまで聞いても、エミリアが制服を着てここにいる理由は全く解明されていない。

「ねぇ、鈴乃《すずの》ちゃん、あなた」

そして、その核心が彼女の口から飛び出そうとした瞬間だった。

「あれれ〜。なにしてるんですか〜。もう授業はとっくに始まってますよ〜」

間延びした声がかけられて、エミリアも私も身を竦《すく》ませた。

見ると、眼鏡をかけ、白衣を纏《まと》った小柄な女性が近づいてきたのだ。

「あ、え、荏島《えとう》先生」

私としたことが、近づいてくる教員の気配に気づかなかった。

現れたのは荏島緑里《えとうみどり》。この学校の養護教諭だ。

柔和な人柄と若々しい外見で男女問わず人気があるが、授業サボりを叱らず見逃すほど甘い人物でもない。

エミリアの追及もここまでか、と私は心の中で舌打ちする。

「え……え？」

私の隣では、エミリアが言葉を失って固まっている。

やはり教員に見つかると、良くないことをしているのだろうか。

「転入生の鎌月《かまづき》さんでしたね～。ダメですよ～サボりは～。先生も怒るときは怒りますよ～」

「はい……すいませんでした」

ここはとにかく、謝罪の一手だ。

どう考えても、学生の身分で授業をサボるのは悪いことなのだから。

「え……あ、なんで……」

エミリアは、教員に見つかったのがそんなに意外だったのだろうか。

ぱくぱくと口を開け閉めしながら、二の句が継げないでいるようだ。

すると荏島《えとう》先生は、エミリアの方を笑顔で見つめ、言った。

「ところで～そちらの女子は～うちの学校の生徒ではありませんね～？」

「っ⁉」

私は思わず、荏島《えとう》先生を凝視する。

確かに本人の言葉を聞けば、エミリア＝遊佐恵美《ゆさえみ》がこの学校の生徒ではないことは分かる。

恐らくなんらかの方法で制服を手に入れたはいいが、内情までは探れなかったのだろう。

だが、荏島《えとう》先生がそれを一目で看破するのはどういうことだろう。

荏島《えとう》先生は、話を聞く限り今年度からこの学校に赴任したはずだ。

たとえ全校生徒の顔と名前を一致させているとしても、笹幡北《ささはたきた》高校には六百人以上の生徒がいる。

見覚えの無い生徒に『どこのクラスか』と尋ねるならともかく『この学校の生徒ではない』と断言することなど有り得るのだろうか。

そんな疑問をよそに、荏島《えとう》先生は言葉を重ねる。

「いけませんよ～本来のお仕事投げ出しちゃ～。何かあったときにはどんな些細《ささい》なことでもいいから連絡してくれって言ったじゃないですか～」

「だ、だって」

「気持ちは分かりますけどね～。あんまりこちらにかまけちゃったら～、来月のお給料、キツキツになっちゃいませんか～？　それじゃ彼を見張ることもできませんよ～？」

本来の仕事？　彼？　見張る？　なんの話だ？

エミリアはこの学校の生徒ではないのに、荏島《えとう》先生と面識があるのか？

「そ、そんなこと、ど、ど、どうだっていいわよ!!」

だが私が何か言うよりも早く、驚きのあまり腰を浮かしたエミリアが荏島《えとう》先生の顔を指差して、戦慄《わなな》くように言った。

「す、鈴乃《すずの》ちゃん、彼女、知ってるの？」

いきなり質問されて、私も驚きつつ頷《うなず》いた。

「は、はい？　そ、それは勿論《もちろん》知ってますよ。保健室の先生です。荏島緑《えとうみどり》里先生……」

「はあああああああああああ!?」

エミリアの絶叫が、学校の階段をびりびりと鳴動させる。

「ちょ、ちょっと遊佐《ゆさ》せん……」

そんな大声で叫んだらまた誰かがやってきてしまう。

私は耳を押さえながら抗議しようとしたが、エミリアはその隙を与えてくれなかった。

「な、保健室の先生!?　わ、私聞いてないわよ!?　何やってんのよエメ!!」

「言ってませんでしたから～」

荏島《えとう》先生は、へらへらと笑っている。

「ていうか、ちょっとごめん鈴乃《すずの》ちゃん話また今度ね！　あなた何いきなり知らない人の前で変なこと……」

「知ってますよ～。鈴乃《すずの》さんは～。あなたがエミリア・ユスティーナだってことくらいは～」

空気が凍るとは、こんな瞬間のことを言うのだろう。

「……………は？」

私とエミリアは、恐ろしく複雑な感情を込めて荏島《えとう》先生を見た。

今、彼女はなんと言った？

「エミリアが余計なことを言いそうだったのと～そろそろ直接お話をしてもいいかな～と思って後を尾行してきました～」

荏島《えとう》教諭は頰に指を当てると、底の知れぬ酷薄な笑みを浮かべて、私を見た。

「あなたが評判通りの方だとは～こちらにいらっしゃってからの様子を見ていて分かりましたが～、それでも『どちら側』なのかまでは判断できませんでしたから～、詳しいことは私からお話した方がいいと思って出てきた次第です～」

そして、彼女は呼んだ。

「ね～。クレスティア・ベルさん？」

私の、本当の名を。

血の気が、すっと下がる。私は知っていたはずだ。彼女の顔を。

「荏島《えとう》……えとう……エトウ……まさか、あなたが……」

笹幡北《ささはたきた》高校養護教諭、荏島緑里《えとうみどり》は、小さく頷《うなず》いた。

「担任の先生には私から連絡してあります～、次の時間は～保健室で私とお話しましょう～。あ、それと～」

身を翻《ひるがえ》す荏《え》島緑《とうみどり》里は、悪戯《いたずら》っぽい笑みを浮かべて呆気《あっけ》にとられる私達を見上げ、言った。

「お二人とも見えちゃってますよ～。はしたない～」

そんなことはどうでもいい！　と思えるほど達観できていない私達は、慌ててスカートの裾を押さえたのだった。

血の気が引いて立ち上がれなくなる。

こんな経験は、久しくしていなかった。

というか、この国に来てまだ二週間弱なのに、こんなことばかりだ。

私は保健室のベッドに腰掛けたまま、きっと恐ろしく蒼白《あおじろ》い顔をしていたに違いない。

「だ、大丈夫ですか～？　とりあえず温かいお茶でも飲んでください～」

目の前には、慌てた様子の荏《え》島緑《とうみどり》里から差し出された湯気のくゆる湯呑《ゆのみ》。

それを服毒の警戒すら無しに受け取って口をつけてしまう程度には、私は動揺していた。

「落ち着きました～？」

「落ち着けると思うかっ!!」

「ひぃっ」

絶叫に近い返答と共に手元で熱いお茶が跳ね、芦島緑里《えとうみどり》が飛びのく。

「な、何もそんなに怒らなくても～」

「隣の部屋で魔王サタンが寝起きしていたなんて話を聞かされて怒らない人間がいるかっ！」

口角泡を飛ばす勢いで私は芦島緑里《えとうみどり》に、いや、エメラダ・エトゥーヴァに向かって叫んだ。

初めての接触で明かされた情報は、はっきり言ってオルバ様に関わるスキャンダルなどどうでも良くなることばかりであった。

曰《いわ》く、この異世界日本で、魔王サタンが生きている。悪魔大元帥アルシエルも生きている。

しかも悪魔大元帥ルシフェルはこの学校の生徒会長をしていて、つい先日サタンとルシフェルがこの学校の校庭で内紛を起こし、勇者エミリアもその場にいた、という。

これで驚かない人間がいたら、神だ。

いや、神ですら多分驚く。

だからこそ、私は佐々木千穂《ささきちほ》の心胆の強さに心から感服した。

曰《いわ》く、佐々木千穂《ささきちほ》は唯一、そのときの記憶を保持している日本人らしい。

理由は不明だが、魔王サタンが彼女の記憶を能動的に残したというのだ。

つまり彼女は、たった一人でこの世界の常識にかからぬ異常事態を抱え込んでいたことになる。

ただの転校生だと思っている私に対して、詳しい話ができないはずだ。

普通の人間に、クラスメイトが魔王サタンなんだけどどうしたらいいだろう、なんて本気で相談したら、潮が引くように友人がいなくなってしまうこと間違いなしだ。

「で、デスサイズ・ベルの異名を持つ方なら〜それくらいの修羅場で動揺することは無いだろうと思ったんですよ〜。実際何も無かったでしょ〜？」

「そういう問題ではないし、どんな異名を持っていたって怖いものは怖い！」

「エミリアも出入りしてたんですから〜。安全は担保されてましたよ〜」

「こちらにその事実が予《あらかじ》め告知されていて初めて担保されていたと言えるんだ！」

あの誰からも愛される好青年である真奥貞夫《まおうさだお》と、わずかな会話だけでも誠実な人柄がにじみ出ている従兄の芦屋四郎《あしやしろう》が、魔王サタンだ悪魔大元帥アルシエルだなどと言われても、普通は信じられない。

だが、エメラダ・エトゥーヴァが今の私にそんな荒唐無稽な嘘《うそ》をついて得することなど何も無い。

事は外交ルートを通して正式な接触があった、非公式ながら国際的な要人会談。

そんな冗談を言うためにわざわざ教会外交部の上席責任者たる私を呼び出したりはしまい。

何より、先ほどからずっと保健室の隅で頭を抱えて蹲《うずくま》っているエミリアが頻繁に真奥貞夫《まおうさだお》を見張っているという事実も、彼女の話の信憑《しんぴょう》性をしっかり補強している。

「非公式会談でなければ、セント・アイレ帝室に真《ま》っ直《す》ぐ抗議を入れるところだ！」

「あはは～そうですね～。こういう形にして正解でした～」

「ぬけぬけと……」

摑《つか》みどころのない人物だ。

噂《うわさ》には聞いていたが、風にそよぐ柳のように、本心がどこにあるのか分からない。

相手の術中にハマれば、必要以上に掌《てのひら》の上で踊らされかねない。

「それで、私に接触するまで、迂遠《うえん》な方法で時間をかけたのは何故《なぜ》だ」

「もちろん～あなたに金魚のフンがくっついてきてないかどうかを確かめるためです～」

エメラダは、しゃあしゃあと言ってのける。

「あなたのお人柄は～、私もじっくり時間をかけて調査させていただきました～。デスサイズの名に似合わず～人道に悖《もと》る任務を良く思っていらっしゃらないことも～。でもお互い人に探られる用の肚《はら》を三つも四つも持っているでしょう～？　ですから～」

「……私が暗殺部隊を率いていたり、教会と定期的に連絡を取り合わないかどうかを観察していたということか」

「オルバの件以降～、私もアルバート・エンデも～かな～り教会から睨《にら》まれていますから～。あなたがオルバと繫《つな》がっていないという保証もありませんでしたし～最悪～ルシフェルを匿《かくま》った共犯ではないかとまで疑っていました～」

「……なるほどな」

状況を聞けば、エメラダがそう考えるのは自然なことだ。

「それで、もし私がそちらの眼鏡にかなわなかったら、どうなっていたのかな？」

「ふふふ～。ご想像にお任せします～。ちなみに私～、エミリアに沢山辛い思いをさせたオルバや教会を～一生許さないと心に決めているんです～」

「そうか」

微笑を返すのが精いっぱいだった。

恐らく何か一つでも間違えば、彼女は私をこの地で亡《な》き者にしていただろう。

現状、オルバ様の件で脛《すね》に傷を持つのはこちら《教会》だ。

一方向こう《セント・アイレ》は元々さほど教会と仲良くやっていくつもりが無い国だ。

訂教審議《ていきょうしんぎ》会《かい》筆頭審議官という外交部の上席責任者とはいえ、私自身は換えが効かない存在ではない。

対魔王軍戦争当時の聖務の問題で、私を煙たがる勢力があるのも事実だ。

そういうところまで、エメラダは調べていると考えるべきだろう。

少し権力の臭いがする聖職者を嗅ぎまわれば簡単に分かることだ。

「ですが～教会を徒《いたずら》に刺激するつもりも無いんです～。多くの可能性の中からあなたを選んだのも～。きちんとお人柄を見込んでのことですし～」

政治の世界に身を置いていたら、舌が四枚は無いと生きていけない。

「それはもういい。用向きを伺いたい」

私はエメラダの口上を遮り、本題を促した。

最初の書簡には、エメラダが私に会うことを望んでいることだけが記されていて、会談の目的については一切述べられていなかった。

オルバ様のスキャンダルについては、単純に私の退路を断つための方便だろうからあまり意味は無い。

だが、少なくとも出身母体の干渉が無いこの地で会談をセッティングしたからには、何か超法規的な要求をされることは覚悟しなければならないだろう。

「そうですね～。もう次の休み時間が迫っていますし～単刀直入にお願いしましょう～」

エメラダも、私の覚悟を見て取ったか真《ま》っ直《す》ぐ私の瞳を見つめてくる。

「こちらに滞在できる限りの時間で構わないので～、購買部に入部してください～」

「は？」

「ですから～購買部に～」

「待て」

「ダメですか～？」

「おかしい」

「何がです～？」

「何もかもが！」

何を言っているんだこの人は。

セント・アイレの宮廷法術士《ほうじゅつし》と、教会の訂教審議会《ていきょうしんぎかい》筆頭審議官の秘密会談だぞ。

しかもことが勇者エミリアだ魔王サタンだといった連中が絡《から》む話だぞ。

「購買部とは何かの暗喩か!? 符牒《ふちょう》か!?」

「いいえ～。ご存じかもしれませんけど～真奥《まおう》君、あ、魔王サタンが～、米屋《よねや》パンのご主人と交渉して立ち上げようとしてる部活のことですが～」

「待て。待ってくれ」

なんだか頭痛がしてくる。

「本気で言っているのか」

「もちろんですよ～」

「その、そのな、失礼とは思うが、正気か？ 私はオルバ様のことや、魔王サタンのことを、エンテ・イスラの国際情勢を揺るがす大事件だと思っているから今ここにいるんだ」

「はい～」

「そちらもその認識はあるのだろうな？」

「もちろんです～」

「なら何故《なぜ》私が購買部に入部するなどという話になる⁉」

「立ち上げに必要な部員が足りないんですよ〜。責任感の無い子を入れるわけにはいかないので〜。お人柄もお仕事ぶりも確かなあなたに是非入っていただきたくて〜」

「……そ、それはつまりあれか？　その、購買部は、確か真奥《まおう》先輩、つまりは魔王サタンが立ち上げる部活なのだったな。その、魔王の懐《ふところ》に飛び込んで、何か間諜《かんちょう》めいたことをしろということか？　今私が、魔王の隣に住まわされているのもその一環か？」

そういうことであってくれ。というかそうでないと本当に意味が分からない。

エメラダ・エトゥーヴァほどの人間がわざわざ異世界の学校組織に紛れ込んでまで部員募集をエンテ・イスラ側にかける正当な理由など、他には無い。無いはずだ。

「いいえ〜。別に何も探る必要は〜。だって顧問は私ですし〜」

「………………は」

「あのアパートにしたのは〜単純にすぐ入居できて細かいこと聞かれなくて賃料が安かったからで〜」

眩暈《めまい》がしてきた。

「何それ私聞いてないんだけど。そもそもエメが笹幡北《ささはたきた》にいる理由もまだ聞いてないんだけど」

エミリアもうめくような声で言う。

「そもそも魔王は〜荏島《えとう》緑里《みどり》がエメラダ・エトゥーヴァだってもう知ってますし〜。この間顧問を引き受ける件で挨拶もしましたから～」

「嘘《うそ》でしょ……」

私は言葉も無いが、エミリアと全く同意見だった。

「今いる部員は魔王を含めて～全員先日の魔王とルシフェルの戦闘に関わった人ばかりですし～。あ、佐々木千穂《ささきちほ》さんももちろんメンバーです～。弓道部と兼部だそうですが～」

「…………」

「あとですね～幽霊部員ならぬ幽霊生徒ではありますが～、エミリアも仮の部員です～」

「どうして⁉」

日本語として返答が破綻しているのは分かったが、もう口を衝《つ》いて出てしまった。

「私そんなことするなんて一言も言ってないんだけど⁉」

エミリアもさすがに立ち上がって抗議する。

「自己紹介はもうお互い済んでますよね～？」

「そうじゃない‼」

求めている答えも想定していた答えもいっかな出てこなくて、なんだか泣きたくなってきた。

だが、一つだけ分かったことがある。

エメラダは本気だし、勇者エミリアが購買部の部員である、ということを彼女が口にしたからには、私には断る自由が無い、ということだ。

なぜなら勇者エミリアは、エンテ・イスラでは魔王サタンとの戦いで激闘の末相討ちになった、ということになっているのだ。

その勇者エミリア生存の報がエンテ・イスラに出回れば、世界のパワーバランスが崩れる事態にも発展しかねない。

場合によっては、異世界日本に類が及ぶことすら考えられる。

私自身も、エメラダもそう考えたように、異世界でなら、何をやってもエンテ・イスラには影響を及ぼさない。

この会談自体も、なんら法的拘束力を発生させるものではないから、理屈の上では私はエメラダの要請を素直に聞く義務は無い。

だが、そんな理屈はもはや通らない。

エメラダ・エトゥーヴァの戦士としての力量が、私の数倍にも達するという厳然たる事実。

何より私自身も、エンテ・イスラの争いを異世界日本に犠牲を強いる形で解決することを決して望まない。

「……佐々木《ささき》千穂《ちほ》に、件《くだん》の戦闘の記憶が残っている、と言ったな」

私の顔は、きっと憔悴《しょうすい》していただろう。

だがエメラダは変わらぬ笑顔で頷《うなず》いた。

「本当に魔王討伐を大過なく成し遂げたいなら、彼女の記憶も封印すれば良いのではないか？」

「そうですね～」

「何故《なぜ》しない」

するとエメラダは、慈愛に満ちた瞳でエミリアを見る。

私もついその視線を追い、そこで少し拗《す》ねたようなエミリアと目が合った。

「だって」

その口ぶりには、自信が無いのがありありと分かるのに、それでも絶対に曲がらないという意志が感じられた。

「彼女は……千穂《ちほ》ちゃんは、なんにも悪くないのよ。それなのに、勇者を名乗る私がこっちの都合で、勝手していいわけないもの」

それは世界を救うために人間世界の最前線に立ち続けた彼女だけに許された言葉だったのかもしれない。

それがどれだけ、第三者から甘い理想論に聞こえたとしても、私にも、世界の誰にも、その意志を曲げさせる権利は無い。

そんなことをしようとすれば、恐らく目の前で微笑《ほほえ》む法術士《ほうじゅつし》は修羅となるだろう。

「……ふざけたことを」

私は、すっかりぬるくなってしまった湯呑《ゆのみ》のお茶を見下ろしながら、観念して肩を落とした。

「悔しいな」

「はい～？」

「エメラダ・エトゥーヴァ殿……いや、荏島《えとう》先生」

「はい～」

私には、エメラダの笑顔が勝ち誇った哄笑に見えてしかたなかった。

「あなたのような人が、教会の、私の身近にいてくれたらな」

「購買部に入部してくださるなら～、先生いっぱい親身になっちゃいますよ～？」

「ありがたくて涙が出るな」

私は心から、両手を上げて降参した。

「勧誘の真意は、入部したらきちんと聞かせてもらえるのだろうな」

「もちろん～。部長じきじきにお話があると思いますよ～？」

「そうか。『真奥《まおう》先輩』は、私の入部を認めてくれるのか？」

「ええ、もう話はとっくに通っています～。どこから来ようと、俺の命を狙ってようと、とりあえず入部してくれる奴《やつ》らは全員歓迎する、だそうですよ～」

とんでもないことに巻き込まれてしまった。

心からそう思った。

教会の地位が惜しいわけではないが、心の準備が全く無いまま、私は途方もない計画に参加させられそうになっている。

だが不思議と、それほど嫌ではない。

まぁ、あんな頼りない壁一枚隔てて隣に魔王が起居しているという事態はなんとかしてほしいところだが、勇者エミリアとエメラダ・エトゥーヴァがいる状況で過剰に恐れる必要も無いのは確かだ。

「そうだ。これだけは意志を確認しておきたい」

「はい、なんでしょう～？」

私は授業終わりのチャイムの音を聞きながら、恐る恐る尋ねた。

「勇者エミリアの、魔王討伐は続いているのか？」

すると、エメラダが初めて少しだけ考えるような仕草をして、そして苦笑した。

「それも～、本人に聞いてみてください～」

※

そこは、笹幡北高校の旧校舎と呼ばれる建物の一室だった。

一月前。原因不明の火事により一部が立ち入り禁止になったものの、今尚《なお》いくつかの部屋が部活倉庫などに利用されているそうだ。

だが中でも、視聴覚室や理科室といった特別教室は特有の設備のために用途が無く、ほとんど利用されていなかった。

「は〜い。今日からここが〜我々『購買部』の部室となります〜」

エメラダは、否、笹幡北《ささはたきた》高校養護教諭、荏島緑里《えとうみどり》は、旧校舎の『家庭科室』でそう宣言した。

私は、新生購買部の部員と共に、やや所在なげにこの場所に立っていた。

「どうしたんだよ、この新しい調理台」

購買部の部長であり、私の隣人であり、しかも魔王サタンであるらしい真奥《まおう》先輩は、旧校舎の旧家庭科室という言葉に似合わぬ真新しい調理台に目を輝かせていた。

こうして横から見ていると、およそ彼があの魔王であるとは信じられない。

もっともそれはサタンに限らない。

私の一挙手一投足を背後から観察している女子生徒も、視界の端でやる気の無さそうにあくびをしている男子生徒も、双方の顔を知っている私ですら、言われなければ女子生徒が勇者エミリア・ユスティーナであり、男子生徒が悪魔大元帥ルシフェルだとは到底信じられない。

さらに言えば、こんな顔ぶれの中に、日本人としてあまりに典型的すぎる経歴を持った佐々木千穂《ささきちほ》がいることに、異様なほど違和感を感じざるを得ない。

例えるなら、氷洋に生きる鯱《しゃち》の群れの中に、ガラス鉢の金魚が漂っているようなものだ。

だがエメラダ・エトゥーヴァ曰《いわ》く、この金魚はこの場の誰からも一目置かれる存在であり、彼女の存在抜きにはこの状況は語れないというのだから不思議なものだ。

「新しく見えますが〜実は新古品《しんこひん》というやつです〜展示場などで使っていたのを安く卸してもらったものです〜」

ともかく緑里《みどり》は、指を立てながら一つ一つを指差していく。

「それでもターミナル浄水器付きで〜先日の火事を受けてガス周りも交換されています〜」

「まさかお前の私費で、ってんじゃないよな」

顧問教諭をお前呼ばわりはいただけないが、この場合はやむを得ない。

時と場所によっては、この二人は即時殺し合いを始めてもおかしくない間柄なのだから。

「はい〜案外現実的な理由でして〜」

なんでも、先日の火事が起こる前から、旧校舎の耐震性や耐火性を上げる工事の計画が存在したらしいが、結局対策が打たれる前にあの火事が起こってしまった。

また米屋《よねや》パンからは、パンを卸すこと自体は合意が取れたものの、食中毒の発生を危惧し、定期的に店主の米屋《よねや》の息子が監督に来るのと引き換えに、一部簡単な作業を学校でやってほしいという条件がつけられた。

それなら一足先に家庭科室を元からある予算で改装してしまおう。

ただし改装の順番が前後するため、備品は最低限の新古品で、ということらしい。

「なので〜実は作業環境はあまり良くありません〜。この旧校舎西棟もまだ半分は工事が終わっていませんし〜例の火事の部分もそのままですから〜」

「食品の出し入れには最大限注意しろってことか」

「そういうことです〜。それと〜まだ注意点がいくつかありまして〜」

「なんだよ」

「調理作業は〜必ず教員立ち合いの下で行ってください〜。基本は〜私と安藤《あんどう》先生と教頭先生の持ち回りになります〜」

緑里《みどり》は少しだけ困ったように微笑《ほほえ》んだ。

「私一人で見られれば良かったんですけどね〜。養護教諭としての仕事もありまして〜」

「……お前、実は恵美《えみ》よりずっと日本に馴染《なじ》んでねぇか？」

真奥《まおう》先輩の突っ込みに思わず私も頷《うなず》いてしまい、視界の端でその『恵美《えみ》』が苦虫を噛《か》み潰したような顔をしているのが見て取れてしまう。

茌島緑里《えとうみどり》、という名の教諭が赴任してきたのは今年の四月。

つまり真奥《まおう》先輩から遅れること一年と少し。

私は最初、エメラダが茌島緑里《えとうみどり》という日本人の立場をなんらかの形で乗っ取っているのかと思ったのだが、なんと彼女は最初から自分の顔をさらけ出して赴任してきたというのだ。

それに当たって教員免許の偽造や都教職員人事の操作など色々な下準備はあったようだが、彼女が持つ『茌島緑里《えとうみどり》』名義の教員免許は、何をどうやったかは知らないが『本物』らしい。

「元々〜三ヶ月ほど前には〜日本にやってきていたんです〜」

エミリアが日本に飛ばされ行方不明になり、時を同じくしてオルバ様にも不審な動きが発覚したのが、魔王城決戦直後のこと。

エメラダとアルバートは協力してオルバ様が講じた様々な妨害工作を一つ一つクリアして、昨年の冬にはエミリアと魔王がこの異世界『日本』にやってきていたことは突き止めた。

だが、そこからが長かった。

「エミリアの痕跡を全然発見できなくて〜」

人口密集地の東京で、微弱な聖法気《せいほうき》反応を検知するのは至難の業だ。

だからエメラダが先に見つけたのは、日本に来て体内の魔力をほとんど失った真奥《まおう》と芦屋《あしや》の痕跡だった。

魔力の主をトレースするなら、恵美《えみ》と違い万端の準備をして世界を渡った勇者の仲間二人にとってはお手の物。

すぐに真奥《まおう》先輩が、この笹幡北《ささはたきた》高校に通っていることまでは突き止めた。

だが、そこから二人には手出しができなくなった。

真奥《まおう》先輩に続き、ルシフェルこと漆原《うるしはら》生徒会長の姿を発見してしまったのだ。

死んだはずのルシフェルがエミリアや魔王と同じ異世界にいる。

それだけで、ルシフェルとオルバの繋《つな》がりを疑うには十分すぎた。

また、ルシフェルがどれほど力を取り戻しているか分からない以上、下手に戦闘を仕掛けて日本に被害が出ることは絶対に避けねばならない。

何よりこの時点で、エメラダとアルバートは、まだエミリアを発見できていなかった。

「それで、教員としてこの学校に潜伏して、魔王達を見張っていたのか」

「真奥貞夫《魔王サタン》を見張っていれば～いずれはエミリアと会えると思ってましたから～。それに～周囲の先生に伺っても～彼は品行方正な生徒だったみたいですから～下手に刺激するよりは見守っていた方がいいかな～って～」

お互い、こんなに早く正体を明かすことになるとは思いもしませんでしたけどね～、と緑里《みどり》は続ける。

「この前の魔王とルシフェルの戦いは～いざとなれば横槍を入れるつもりだったんですが～、ぎりぎりまでエミリアの介入を待つべきだと思っていたんです～。火事のときに外出してなければ～もう少し早くエミリアと出会えていたはずなんですけど～」

「別にその後普通に会えたんだから、そのときこの学校にもぐり込んでること教えてくれても良かったんじゃないの」

エミリアがそう言いたくなる気持ちは分かるが、私はそうは思わなかった。

「エメラダ殿は、あくまで自分の身柄がエンテ・イスラにあるままという体にしておきたかったんだろう。魔王やルシフェルの背後に、まだ何がいるか分からんのだからな」

「そういうことです～。結局何も無いと分かったので～それならエミリアの負担を軽くするためにも顧問の役を買って出たという次第で～」

「話は分かったけど、それならそうと最初に言ってくれれば……」

エミリアのつぶやきを、エメラダは華麗に無視した。

「それに～この家庭科室に事情を知る人達が集まれるのは悪いことじゃありません～。元々オルバは～この校舎にゲートを開いていたわけですし～」

「ゲート法術の媒介である天の階《きざはし》の用を為《な》すかもしれない、ということか」

「何もしないよりはいいかも～程度ですけどね～」

緑里《みどり》は腕を組むと、真面目な顔で家庭科室に集まる面々を眺める。

「この部室こそが～私達とあなた達の休戦地帯であり～この異世界《日本》を守る最前線であるとお考えください～。いつまたこの地に害をもたらす悪心を持った者達がゲートを越えてこの地に現れないとも限りません～」

「言われるまでもねぇ」

真奥《まおう》先輩は鼻を鳴らし、私も、エミリアも、佐々木千穂《ささきちほ》も大きく頷《うなず》く。

「教会やお前らが世界を渡った、ってことを感知する奴《やつ》が現れるかもしれない。もしかしたらオルバ本人がまた何か仕掛けて来るかもしれない。そのとき学校や日本が主戦場になるのは、俺達も望むところじゃない」

「そう言っていただけると〜安心できます〜。それでですね〜？」

緑里《みどり》は唐突に、教師の顔に戻ると、私と目を合わせた。

「この場で改めて〜、一年生の新入部員を皆さんに紹介したいと思います〜！　鎌月《かまづき》さん〜前へどうぞ〜」

緑里《みどり》の合図で佐々木千穂《ささきちほ》だけが反射的に拍手をし、

「「「………」」」

「え？　あれっ？」

残る三人が極めて冷静に私を観察しているのを見て、決まり悪そうに下を向いてしまう。

もちろん私は三人のそんな反応は予想していたので、特に動揺することなく緑里《みどり》の隣に立った。

「この度、奇妙な縁で購買部の一員となった、一年A組、鎌月鈴乃《かまづきすずの》だ。本名は、クレスティア・ベルと言う。大法神教会《だいほうしんきょうかい》外交部、訂教審議会《ていきょうしんぎかい》に所属している」

教会の名を出した途端に、エミリアの顔色が微《かす》かに険しくなり、ルシフェルもまた小さく眉を上げる。

「だいほう……ていきょう？」

「あー……その、佐々木《ささき》先輩には後で個別に説明するから、今はやり過ごしてくれ」

「ご、ごめんなさい。でも、その話し方が鈴乃《すずの》ちゃんの素なんだね。前よりずっと格好いいよ」

「……それはどうも」

佐々木千穂《ささきちほ》一人が空気を読めているのかいないのか、呑気《のんき》なことを言っている。

「一つ、ここで私の立場をきちんと表明しておきたい。まずは魔王サタン、いや、真奥貞夫《まおうさだお》先輩。やむを得ぬこととはいえ、身分を偽ったことを、謝罪したい」

「……ほう？」

「悪魔は我々人間の敵だ。だが人であることを誇り敵を糾弾するからには、己は可能な限り高潔であらねばならないと思っている。だから」

過去と同じ間違いは、ここでは繰り返してはならない。

「私は教会を守るためではなく、人々の信仰を守るためにここにいる。エメラダ殿が言うように、この購買部で私が皆と共に活動することが、この国の平和とエンテ・イスラの人々の信仰を守ることに繋《つな》がるのならば、精一杯働くつもりだ」

そんな決意を込めた私の言葉に、

「お前さ、自分がおかしなこと言ってるって気づいてる？」

「分かってて言ってるんだから余計なことを言うな！」

ルシフェルが、どうしようもなく切ない水の差し方をしてくれたのだった。

※

トングや鍋やフライパンなどを洗いながら、私は旧校舎家庭科室の中を眺める。

さほど長くない昼休みの間に、拵《こしら》えたパンは全て売り切れた。

これは購買部が商売上手なのではなく、単純に米屋《よねや》パン側が数を絞っているせいである。

だが購買部が稼働《かどう》しはじめて一週間。

パンを売り切れなかった日は一日も無いので、それだけ米屋《よねや》パンが笹北生《ささきたせい》にとって重要な昼食インフラだったということだろう。

評判は上々で、現在も入院中の米屋《よねや》パン店主からも感謝の声が届けられ、立ち上げに奔走した魔王はご満悦だ。

「遊佐《ゆさ》さん、そっち、缶の底に五十円残ってます」

「あっ、ごめん。これで計算合う？」

教室の隅で、佐々木《ささき》先輩と勇者エミリアこと遊佐恵美《ゆさえみ》が売上を精算している。

「ちょっと～漆原《うるしはら》君～。みんな働いてるのに何サボってるんですか～！」

「この昼休みだけで……一週間分は声出したよ……もういいじゃん僕頑張ったよ」

そうかと思えば、掃除道具を手に壁際《かべぎわ》にへたり込んでいるルシフェルこと漆原半蔵《うるしはらはんぞう》生徒会長を、緑里《みどり》が窘《たしな》めている。

「うっわ、パンくずだらけだ。これ、テーブルクロスはもっと沢山いるなぁ」

そこに、家庭科室の外に臨時の販売カウンターとして使っていた折り畳み机を片付けた真奥《まおう》先輩が戻ってくる。

そんな、普通の学校にはあまり無さそうではあるが、これはこれで、どこか普通の平和を感じさせる光景。

私は、調理器具の水気を布巾で拭き取って所定の場所に片付けると、精算が終わるまで教室の適当な椅子に腰かけて待つ。

すると、

「おい鈴乃、お前裁縫できるか？」

「裁縫？」

顔を上げると、真奥《まおう》先輩が、ところどころにパンくずがこびりついてしまった白いクロスを持って立っていた。

「手習い程度なら覚えがあるが……短時間商売するだけなら、適当な店でビニールのものでも買えば良いのではないか？　それなら洗濯の手間もかからんだろう」

「そうしたいのはやまやまなんだがな」

真奥《まおう》先輩はそう言って、クロスの端を持ち上げる。

「これがな、この場合結構大事なんだ」

そこには『米屋《よねや》パン店』の店名と電話番号が刺繍《ししゅう》されていた。

「そりゃ百円均一でビニールのクロス買ってきてマジックかなんかで書きゃいいかなって思ったこともあったけどよ。俺達が背負ってるものは、そんな安いもんじゃねぇってことをきちんと戒めるためにも、あと一枚、できれば二枚欲しいんだ。洗濯して雨とかで乾かなかったら困るし」

「……」

私は大真面目に語る真奥《まおう》先輩と、米屋《よねや》パンの刺繍《ししゅう》をしばし交互に見る。

「真面目に、言っているのだな」

「俺が行動するときは、いつだって大真面目だ」

私の、ともすれば皮肉にも聞こえる言葉を真奥《まおう》先輩は軽く胸を張って受け流す。

「それに、俺がこういうのに真面目に取り組んでた方が、お前らは安心できるんだろ」

「……違いない」

私は肩を竦《すく》めて、もう一度だけ刺繍《ししゅう》を眺めた。

「いいだろう。これくらいなら一晩あればできるだろう」

「お！　助かる！　うちの兄貴も手先は器用なんだが、さすがに毎日仕事が忙しい中こんなことまで頼むの悪くてな」

「兄貴……か」

魔王が、今もきっとマグロナルドで汗水たらして働いているであろう悪魔大元帥アルシエルを、正体が露見した私の前ですら『兄』と呼ぶことに、私は苦笑してしまう。

「部下に気を遣い、取引先に気を遣い、学校に気を遣い、お前は本当に私達が知っている魔王サタンなのか、未《いま》だに疑わしく思える」

「人は変わるもんだ。んで、変わっても、俺は俺だ」

「何偉そうに人間語ってるの！　やめてよね魔王のくせに！」

「真奥《まおう》さん、ちょっと今の格好いいですよ」

後ろから飛んできたヤジと歓声に、真奥《まおう》先輩は気を良くした風で微笑《ほほえ》む。

「見直していいぜ？」

「ふざけろ。私はどちらかといえば、エミリアの味方だ」

私もついつい、つられて笑顔になってしまう。

「だが、私が刺繍《ししゅう》を引き受けることで、貴様のエンテ・イスラ征服の野望が遠のくなら、喜んで引き受けよう」

「お前らって、素直じゃないというか、変にあれこれ理屈っぽいせいで時々もの凄《すご》く妙なこと言うよな」

「誰のせいだと思っている」

「知らねぇな。そこの顧問のセンセーのせいじゃねぇの？」

全く腹立たしいことこの上ない。

勝手に呼び出された上に、右も左も分からぬ異世界で、魔王と勇者と一緒にパンを売らされているのだ。

生かしてやっているだけありがたいと思ってほしい。

「あっ、もうすぐ昼休み終わっちゃう」

ふと、佐々木《ささき》先輩が時計を見上げると、午後の授業開始まで五分とないことに気がついた。

「仕方ありませんね～。お金の計算は私がやっておきますから～、皆さんは教室に戻ってください～。あ、エミリアは残って手伝ってくださいね～」

「……ええ」

実はこの中で、唯一この学校の生徒ではない遊佐恵美《ゆさえみ》は、緑里《みどり》に指名されて露骨に顔を顰《しか》める。

「魔王の狼藉《ろうぜき》を見張るためです～。もしかしたら生活費に困って～売上を横領してるかもしれないじゃないですか～」

「俺ほどの人格者を攌《つか》まえて何を言いやがるこの顧問は。謂《いわ》れの無い誹謗《ひぼう》中傷されたって教育委員会に通報すんぞ」

「魔王の狼藉《ろうぜき》を見張るためにパンを売ったお金の計算……本当に、何やってるんだろう私」

疲れた声で呟《つぶや》く彼女を見て、私はなんだか、彼女とは仲良くなれるような気がしてきた。

「ねぇエメ。私は本来部外者なんだから、仕事した分お給料出ないの？」

「部活動なんですから出るワケないじゃないですか～」

「……今月、学校に忍び込んでドコデモ休み過ぎちゃってるのよ。来月のお給料が……」

「おい恵美《えみ》。俺が言うこっちゃねぇが、お前それはあまりにも勇者の発言としてみじめすぎんぞ」

真奥《まおう》先輩が、衷心半分、からかい半分の顔でそう言うと、エミリアは魔王より魔王っぽい怒りの形相を浮かべる。

「なんならあなたのそっ首今すぐ刎《は》ねて復職したっていいのよ⁉」

「おい顧問、この物騒な不法侵入コスプレ女なんとかしてくれ。他の部員探してくれよ」

「ダメですよ～遊佐《ゆさ》さん～？　部員同士仲良くしないと～。部長も女の子にそういうこと言わない～」

「エメはどっちの味方なのよ‼　あとコスプレとか言わないで‼」

最近になって、ようやく私は『コスプレ』が『コスチュームプレイ』の略であると知った。

私も人のことは言えない状況なので、コスプレの話題に便乗するのはやめておく。

そこに、少し急《せ》かすような佐々木《ささき》先輩の声が割って入る。

「ほら鈴乃《すずの》ちゃん、真奥《まおう》さん、漆原《うるしはら》さん、授業始まっちゃいますよ、早く行きましょう。遊《ゆ》佐《さ》さん、本当ごめんなさい。後のこと、よろしくお願いします」

「ああ、分かった」

「おう、悪い」

「僕のことは放っておいてー」

「分かったけど、今日はともかく毎日いるとは思わないでよね‼」

こうして、特になんの力も持たぬどこにでもいる少女の合図で動く三人を俯瞰《ふかん》して、私はどうにもおかしくなってしまう。

ことは魔王討伐の延長だというのに。

エンテ・イスラに蔓延《はびこ》る不穏な計略の尻尾を掴《つか》むためのブラフだというのに。

なぜだかここ最近の私は、こんな笹幡北《ささはたきた》高校でのこれまでにない全く新しい生活が、とても新鮮で楽しいものに感じられるのだ。

そしてそんな不思議な日常を刻むように、笹幡北《ささはたきた》高校のチャイムが、私達の耳を打つのだった。


―了―

作者、あとがく　―AND YOU―

「電撃文庫MAGAZINE」で企画された「妄想N高校」に『はたらく魔王さま！』で参加してもらえませんか、と打診を受けたとき、和ヶ原《わがはら》は叫びました。

「何でコミックス『はたらく魔王さま！ハイスクール！』終わってしまってるん⁉」

そしてすぐに言いました。

「終わってしまったなら、再開すればいいじゃない！」

そんな勢いで、本書『はたらく魔王さま！ハイスクールN！』は始動しました。

ですがコミックスを再ノベライズするのでは芸がありませんし、話の新鮮味もありません。

ならばということで生まれたのが本書『はたらく魔王さま！ハイスクールN！』でした。

『はたらく魔王さま！』第一巻開始時点の世界観設定はそのままに、主人公である真奥貞夫《まおうさだお》だけがフリーターではなく高校生になり、芦屋《あしや》、恵美《えみ》、千穂《ちほ》の三人はそのままの設定でスタートした場合、どんな物語になっていただろうか、という想像を具現化したお話です。

「N」は、もちろん企画本旨の「妄想N高校」に準じてつけましたが、他にもハイスクールの小説「NOVEL」とか、新しいハイスクールである「NEW」とか、笹幡北《ささはたきた》の「NORTH」とか色々引掛けてみました。

三嶋《みしま》くろねさん作画のコミックスハイスクールが終わったとき、和ヶ原は未練がましく「ハイスクール終わって欲しくないんだ三嶋《みしま》さんとお仕事続けたいんじゃ！」と騒いでいましたが、その甲斐《かい》あって（？）また本書にて三嶋《みしま》さんとご一緒することができました。

新たな三嶋《みしま》式勇者エミリアと学ラン漆原《うるしはら》を見ることができたのが、本当に嬉《うれ》しかった。

またスピンオフ作品ということもあり、普段の魔王さままではやらないこと、できないことをふんだんに盛り込ませて頂きました。

懐かしくも全く新しい『はたらく魔王さま！』の世界をお楽しみいただけたら幸いです。

本書は、日本社会で生きる地盤を固めるために学生生活に一生懸命打ち込む奴らと、そんな彼らを見守る大人達の物語です。

あなたのクラスのあの人は、もしかしたら異世界からの来訪者かもしれません。

はたらく魔王さま!
ハイスクールN!
また三嶋さんのイラストで
魔王たちが見れて
嬉しいです!! 刊行
おめでとうございます!
029.

◉和ケ原聡司著作リスト

「はたらく魔王さま！」（電撃文庫）
「はたらく魔王さま！2」（同）

「はたらく魔王さま！3」（同）
「はたらく魔王さま！4」（同）
「はたらく魔王さま！5」（同）
「はたらく魔王さま！6」（同）
「はたらく魔王さま！7」（同）
「はたらく魔王さま！8」（同）
「はたらく魔王さま！9」（同）
「はたらく魔王さま！10」（同）
「はたらく魔王さま！11」（同）
「はたらく魔王さま！12」（同）
「はたらく魔王さま！13」（同）
「はたらく魔王さま！14」（同）
「はたらく魔王さま！15」（同）
「はたらく魔王さま！16」（同）
「はたらく魔王さま！0」（同）
「はたらく魔王さま！0-Ⅱ」（同）
「はたらく魔王さま！ハイスクールN！」（同）
「ディエゴの巨神」（同）
「勇者のセガレ」（同）

本書に対するご意見、ご感想をお寄せください。

電撃文庫公式ホームページ 読者アンケートフォーム
http://dengekibunko.jp/
※メニューの「読者アンケート」よりお進みください。

ファンレターあて先
〒102-8177　東京都千代田区富士見2-13-3
電撃文庫編集部
「和ヶ原聡司先生」係
「029先生」係
「三嶋くろね先生」係

初出 ……………………………………………………………………

「魔王、生活のために学業に励む」／「電撃文庫MAGAZINE Vol.50」(2016年7月号)
「勇者、非常手段に出る」／「電撃文庫MAGAZINE Vol.51」(2016年9月号)
「勇者と魔王、学校に立つ」／「電撃文庫MAGAZINE Vol.52」(2016年11月号)

文庫収録にあたり、加筆、訂正しています。

「魔王、購買部をスタートさせる」は書き下ろしです。

……………………………………………………………………

電撃文庫

はたらく魔王《まおう》さま！　ハイスクールN！

和《わ》ヶ原《がはら》聡司《さとし》

2017年２月10日　初版発行
2022年６月10日　３版発行

発行者　青柳昌行
発行　株式会社KADOKAWA
〒102-8177　東京都千代田区富士見2-13-3
0570-002-301（ナビダイヤル）
装丁者　荻窪裕司（META＋MANIERA）
印刷　株式会社KADOKAWA
製本　株式会社KADOKAWA

ISBN978-4-04-892667-6　C0193　Printed in Japan

電撃文庫　https://dengekibunko.jp/

電撃文庫創刊に際して

文庫は、我が国にとどまらず、世界の書籍の流れのなかで〝小さな巨人〟としての地位を築いてきた。古今東西の名著を、廉価で手に入りやすい形で提供してきたからこそ、人は文庫を自分の師として、また青春の想い出として、語りついできたのである。

その源を、文化的にはドイツのレクラム文庫に求めるにせよ、規模の上でイギリスのペンギンブックスに求めるにせよ、いま文庫は知識人の層の多様化に従って、ますますその意義を大きくしていると言ってよい。

文庫出版の意味するものは、激動の現代のみならず将来にわたって、大きくなることはあっても、小さくなることはないだろう。

「電撃文庫」は、そのように多様化した対象に応え、歴史に耐えうる作品を収録するのはもちろん、新しい世紀を迎えるにあたって、既成の枠をこえる新鮮で強烈なアイ・オープナーたりたい。

その特異さ故に、この存在は、かつて文庫がはじめて出版世界に登場したときと、同じ戸惑いを読書人に与えるかもしれない。

しかし、〈Changing Times,Changing Publishing〉時代は変わって、出版も変わる。時を重ねるなかで、精神の糧として、心の一隅を占めるものとして、次なる文化の担い手の若者たちに確かな評価を得られると信じて、ここに「電撃文庫」を出版する。

1993年6月10日
角川歴彦